亦舒作品

# 艳阳天

亦舒
- 作品 -
27

湖南文艺出版社
HUNAN LITERATURE AND ART PUBLISHING HOUSE
博集天卷
CS-BOOKY

# 艳阳天

## 目录

# 艳阳天

## 壹·

已经豁出去了，
不如沿路看风景。

周从心在天井洗好衣服，晾起，一抬头，发觉已近黄昏，太阳仍然毒得很，如果不打伞，一下子晒起红印。

一排村屋已经残旧，一则没有资源修理，再说，屋主都在等地产商来收购土地重建。

城市边缘渐渐扩张，乡村农地都改建高楼大厦，地平线远处，已不是山坳，再也看不见日出日落，而是一层层高耸入云的玻璃幕墙。

空气混浊，紫霞笼罩，远处的城市，像神话中魔宫，十分诡秘突兀。

从心呆呆地眺望。

她从来没去过那边，听年轻的姐妹们说，真是五光十色，什么都有，她们回来时都烫了头发，有的还染成金黄，穿着时装，满口袋钞票，买回各种电器赠送家人。

从心最穷，因为信义婆不让她到城里找工作。

这时，信义婆站在门口说："好进来了，傻瓜似的站在太阳底下晒，干什么？"

从心把大塑料盆搬进屋里去。

信义婆问她："在想心事？"

从心答："光在家里吃，不是办法。"

"你想怎么样，跟着秋照与春萍她们出去？"

从心不出声。

信义婆年纪其实不大，但自从丈夫周信义去世后，不到一年，全头白发，远看，真像老婆婆，人家就叫她信义婆。

从心自小知道自己的身世。

她同信义婆一点血缘关系也没有。

从心是一名弃婴。

一日清晨，信义婆上路去市集，经过一株老槐树，看见野狗在嗅一个包裹，布包裹传出婴儿哭泣声。

她心中有数，本来打算走过算数，但忽然之间，包裹蠕动一下，露出一只小小拳头。

啊，眼不见为净，现在看见了，无论如何也不忍心，她走近，蹲下，轻轻掀开布包，看到洋娃娃般一张小脸。

她将婴儿抱了回家，非法领养。

老远托人买了奶粉回来，赶着缝制小衣服，长到几岁，又送她到乡村小学认字。

从心长得很特别，皮肤雪白，鼻子高挺，他们叫她小外国人，渐渐知道，她也许是个混血儿。

从心十分听话，从来不叫信义婆生气，担起家中一切杂务，邻居都说："信义婆你好心有好报。"

可是，信义婆心中明白，从心人大心大，以后，势必不会安分守己。

还能把她与世隔绝多久呢，城里的引诱像潮汐般涌入，夏景、冬珊与从心一起长大，早已离家，偶然回来，给小友讲天方夜谭，从心听得津津有味。

有电视机的人家晚上收看歌舞节目，主持人通通穿得像《西游记》中的蜘蛛精……世界早就不一样了。

隔壁的寿安嫂忽然走过来："从心，你在这里？找你呢。"

从心尊敬地问："什么事？"

"有一份差事，不知你做不做，酬劳相当高。"

信义婆代从心问："做什么？"

"村头有一个病人，需要人服侍。"

信义婆自有智慧，一听，这两句话里不知有多少漏洞。

"病人是男是女，多大年纪？"

"是女子，二十多岁。"

"什么病？"姜是老的辣。

寿安嫂踌躇一刻："肺病。"

"那会传染，从心不去。"

"她出高价。"

信义婆说："那寿安嫂你自己为什么不去？"

"我有两个小的，走不开，不然我才不怕，做半年，洗衣机、电冰箱、电视机，通通有了，何乐而不为，我去帮了她三天，她都付我三百。"

"一日一百？"

"就是，我想多做几天，可她嫌我手脚粗。"

从心在一旁说："我去。"

"慢着，这女子是什么人？"

“不知道，从前没见过，租了雷家房子住。”

“为什么无端端来乡下地方？”

“养病，贪村里空气好。”

“她干哪一行，那么有钱？”

“信义婆你太奇怪，人家给你钱赚你还刨根究底，钞票张张一样，赚不赚看你的了。”

从心又一次说：“我去。”

“这村里只走剩你一个女孩，你跟我去看看吧。”

信义婆无奈：“从心，你自己当心。”

寿安嫂笑：“就你们一家还用手洗衣裳。”

从心只得腼腆地笑。

她跟着寿安嫂出去，走出门，已看到一天橘红色夕阳。

寿安嫂轻轻说：“信义婆四处欠债，替她还清这一两千，兼替房子修补屋顶，也是好的。”

从心答：“是。”

一样的村屋，雷家那间粉刷过了，看上去干净得多。

推开门，只见室内也整洁。

寿安嫂扬声：“我带了人来。”里边没有响应。

寿安嫂说：“从心，你负责打扫、洗衣、煮饭，都是你做惯做熟的，没有问题吧？”

这时，房内轻轻问：“叫什么名字？”

“叫从心。”寿安嫂回答。

“进来。”

寿安嫂说：“进去吧，别怕，是个病人，力气没你大。”从心点点头。

她掀开竹帘进房。

只见大卧室里挂着雪白的新帐子，有人躺在床上，看见她，十分诧异。

“咦，”她轻轻说，“你也是混血儿。”

也是？

她揭起纱帐，从心看到了一张苍白瘦削的面孔。

虽然满脸病容，但是五官仍然秀丽，一把乌黑发，与从心非常相似。

她怔怔地看着从心：“你与我长得真像。”

从心只是赔笑。

“你父母哪一方是外国人？”

从心迫不得已答：“我不知道，我是弃婴。”

“呵，那么，生父是洋人。”

从心不语。

她挪动身体："有件事，想麻烦你。"

"你说吧。"

"请你替我挠挠背脊。"

从心还以为是什么艰巨的任务，一听是这个，不由得答："当然可以。"

从心掀开病人的衬衫，用毛巾裹着手，替她轻轻扫背脊，她不住喊舒服。

背上没有一两肉，脊椎骨一节一节可以数得出来。

而且，病人身上有味道。

"我帮你洗头。"

"好极了。"

从心小心翼翼帮她清洁，病人身体瘦削，一把可以揪起，从心已经把她背了好几回。

从心侍候她吃面，站在她身后不出声。

"你很会干活，留下来吧。"

从心点头。

病人自我介绍："我姓燕，我的名字叫燕阳。"

从心静静聆听。

“燕阳，就是艳阳的意思，母亲希望我的生命像一个艳阳天。”

她忽然自嘲地笑了。

“你看我们华人，连一个名字，都善颂善祷，太苦了。什么都殷切盼望转机，外国人可没有这种习惯，人家叫铁芬妮[1]、玛丽、贝华莉[2]、米兰达，一点含意也无……”忽然问，“你可会英文？”

从心摇摇头。

“我教你。”

从心刚在欢喜，又听得她说：“从今日起，我只与你讲英文，你不懂也得懂，很快会讲会答。”

从心倒抽一口冷气。

这女人真怪，她说的话别人不大听得懂，却会讲外语，已经病重，居然还有闲情教英文。

她说：“我累了，你在外边睡，陪我，别走。”

从心说：“我回去同婆婆说一声。”

“寿安嫂会去说，关门吧。”

---

[1] 铁芬妮：Tiffany，蒂法尼，（女）英名。

[2] 贝华莉：Beverly，贝弗利，（女）英名。

从心去掩门，离远，高楼大厦灯色已经亮起，闪烁美丽，像在招引年轻飞蛾的魂魄。

燕阳在她身后呢喃了一句英语，从心知道她的意思，她似在说："多少人想朝那方向飞过去。"

临睡前，燕阳点燃一支线香，奇异的甜香沁人心脾，使从心很快坠入梦乡。

她从来没有睡得那样好，直至燕阳唤她。

天已经蒙蒙亮，淡淡一个人影，站在她的对面，叫她服侍她梳洗。

从心这才发觉，病人身上气味来自呼吸，五脏六腑大概都坏了。

燕阳说："把药拿过来。"

她有一只盒子，里边分十多格，放着不同形状颜色的西药丸。

替她梳头的时候，头发一蓬蓬落下。

从心暗暗心惊，这是肺病吗？好像不似。

从心把藤椅端到门前，背她坐到椅上让她晒太阳，顺手在天井撒一把米，好让麻雀来啄食。

燕阳静静看着小鸟跳跃，嘴角似笑非笑。照说，病得那么厉害，应该痛苦才是，但是从心看出她的心境异常平和。

像是在说：回到家来了，一切不用怕，终于到了家了。

她有一只小小录音机，播放不知名的外国音乐，从心只觉乐声如泣如诉，叫人忍不住侧耳聆听。

燕阳看着她笑了。

她俩相处得很好。

从心什么都肯做：脏的、重的、琐碎的，来回跑市集找鲜口食物，半夜起来喂病人吃药。

燕阳每星期付她一次酬劳，从心迅速替信义婆还清债项。

信义婆讪讪接过钱说：“你瘦了，从心。”

从心答：“也算不停手。”

“难服侍吗？”

“人很好，很客气。”

“听说，她已经垂危。”

“有时精神还好，话也颇多。”

“难为你了，从心。”

“没有的事，她孑然一人，很可怜，即使没有厚酬，也应该帮她。”

“一个亲人也没有？”

从心摇摇头：“从没收过信，也无人探访。”

“她不是我们这里的人，不知从哪里来。”

从心说：“她从美国纽约来。”

“她告诉你的？”

从心点点头。

那天，从心回到燕阳处，看见门外有两个公安在说话。

从心连忙赶上去。

只听得一人礼貌地说：“这位女士，有病该进医院，国家医疗设施十分先进，一则可获得照顾，二则避免传染。”

门内没有响应。

从心发觉是乡公所的熟人，立刻笑说：“洪大哥、鲁大哥，你们怎么在这里？”

这两人本来可以做从心的叔伯，所以一听大哥两字，立刻舒畅无比，整个人松懈。

“咦！小从心，你在这里做工？”

从心自菜篮取出梨子，恭敬递上，满面笑容：“我在这里帮佣。”

“你东家患哪种传染病？”

从心低声答：“的确有病，却不会传染，是癌症，已在康复中，不希望被骚扰，才回乡休养。”

“原来如此。”

“一定有好事之徒，传得如此不堪。”

“你在她身边有多久？”

“两个多月了。”

从心一张脸红粉绯绯，十分健康，大叔们乐得去忙别的事。

他们走了。

从心推门进屋。她看见燕阳靠在椅子上，目光有点惊疑。

“对不起，”从心扶起她，“我来迟了。”

燕阳恢复镇定，她缓缓吁口气：“全靠你。”

“我乱说话，请原谅。”

“不，你讲得很好，我的病，比癌症可怕得多，不过你说得对，这病并不随便传染。”

燕阳的脸，瘦得已现骷髅之形，看上去有点可怕。那晚，从心替她抹身，发觉她背上冒出一个个拇指大紫血泡，随时会得溃烂。

燕阳乏力地叹息一声：“我末日已近。”

从心心酸，轻轻替她穿好衣裳。

“不久之前，我同你一样，有光洁皮肤，浑圆手臂。”

从心忍不住问：“发生了什么事？”

“我爱错了一个人。”语气中却一点恨意也没有。

“是他把病传给你？”

燕阳抬起头：“你已知道这是什么病？”

从心点点头。

“啊，乡下人也有常识。”

“你放心休养，想吃什么，告诉我。”

“昨天你做的虾仁云吞，好吃极了。”

“那很容易。”

“谢谢你，从心，你是一个小天使。”

燕阳乏力，挽着从心的手松脱。

手指似皮包骨，关节突出，像鸡爪。

她模样一日比一日可怕。

从心却与她越来越投契。

从来没有一个人与她说那么多心事，回答她那么多问题，而且，身世如此相似。

渐渐燕阳不能进食，呕吐频频，只吃流质。

“燕姐，我送你进医院。”

她摇头：“我愿平静在家中安息。”

“或许——”

“不，生命那样吃苦，我不介意。”

有时，燕阳不住讲英语，从心只能揣度她心意，不过，也听熟了那音韵，陪她聊天，是每天主要工作。

“请告诉我，纽约是一个什么样的地方。”从心说。

燕阳微笑：“一个极尽丑陋罪恶的城市。”

“啊。”从心战栗。

“也是绝对美丽包涵的城市。”

“什么？”

“它的坏比全世界坏，它的好又比全世界好，它是最奇妙的都会。”

从心鼓起勇气问：“同香港一样吗？”

她缓缓摇头：“略不同，将来你自己会体会到。”

“我，”从心笑，“我能去哪里。”

“别小觑自己。”

从心不出声。

“你愿意出去吗？”

从心答：“村里年轻人，只走剩我一人，略有能力的都往外跑，寻求更好生活，打我们祖先起，凡是沿海居民，都冒险漂洋过海。”

燕阳声音很低：“跟我一样。”

“燕姐，把你的遭遇告诉我。”

燕阳抬起头，想一想，像是准备说出来，但是随即又摇摇头：“我的见闻，与一般找出身的穷女并无不同。”

“吃亏吗？”

燕阳凄惶地牵牵嘴角。

“可是受尽委屈，流血流汗？”

“你都猜对了。”

从心打一个冷战。

“那么，一辈子守着婆婆，不要离开乡村。”

正在这个时候，有人在门外叫：“从心，从心，你在吗？”

从心一听，是夏景的声音。

“小朋友找你？你去一会儿好了。”

在门口，从心一把拉住夏景的手。

她打扮得十分别致，染了一角黄发，银红胭脂，穿毛毛大翻领外套、喇叭裤、高底靴。

夏景在从心面前转一个圈：“好不好看？”

从心由衷地说：“难看死了。”

夏景笑：“你这乡下人不识货。”一边把一只大纸袋交给她，“送你的围巾、帽子。”

“谢谢你。”从心十分欢喜。

“从心，让我带你见识一番，乘车出去，一天来回。”

从心只是笑。

“你婆婆说你在这一家做用人？”

从心点点头。

“什么脏事都得做，吃的拉的你一手包办，可是这样？”

从心沉默。

“走吧，还留在此地干什么，出去一年，我保证你婆婆可以享福。”

从心也是人，一边害怕一边向往。

忽然，夏景缩缩鼻子：“这是什么味道？”

“是线香。”

“啊，”连见多识广的夏景都说，“这样痴缠的甜香，我从来没闻过。”

“夏景，改天我再同你谈话。”从心说。

“我后天走，跟不跟我，你自己想清楚。”

从心回到屋内，看见燕阳坐在藤榻上，双眼眯得很紧，从心以为她睡着了，拿出一块丝被轻轻盖在她身上。

燕阳却微微睁开双眼，轻轻说：“小老鼠偷到一点点油星，喜滋滋，夸喇喇[1]。”

啊，她是指夏景吗？

随即她叹口气，又闭上眼睛，像是享受线香带来的宁静。

婆婆见到从心，点过一沓钞票，小心收妥，才说：“那小舞女又来诱你出走？”

“夏景在夜总会带座，她不伴舞。”

“不要再同她说话了。”

---

[1] 夸喇喇：夸啦啦，粤语，极好的意思。

“婆婆，你怕我走？”

信义婆点点头，忽然流泪，伸手去抹眼角。

“我一定照顾你一生。”

“想当日，拾你回来，一点点，猫样大，浑身紫蓝，不知可养得活……”

真的，从心微微笑，如果没活下来，今日就不必抉择去留了。

“你生母始终没回来打听你下落。”

“我明白。”

老人是要提醒她，她在世上已无亲人。

“看样子也留不住你，从心，本村姓周的人也不多了。”

从心握住婆婆的手。

傍晚，她回东家处。

一进门，就觉得不妥。

是那股腐臭的味道，一群苍蝇嗡嗡地在屋内打转，叫从心害怕。

燕阳倒在床上，嘴角有浓稠漆黑的血渍，苍蝇叮着她的脸，当她是死人一样。

从心轻轻扶起她。

她喉咙“咯”的一声，又吐出一口血。

从心喂她服药喝水，替她更衣。

她没有说话，沉沉睡去。

第二天清早，燕阳的精神却回来了，若无其事，同从心说：“来，听我讲。”

从心看着瘦成一页纸似的她，想起人家说过的回光返照，心中明白，异常镇静。

从心过去，喂她喝半杯蜜水。

她挣扎着说：“从心，多谢你不辞劳苦。”

从心佯装什么都没听见，替她抹脸。

“从心，我送一件礼物给你。”

燕阳自枕头下取出一本深色小册子，封面上精致地熨着徽章及金色英文字。

“呀，护照。”从心失声。

“当年，我乘一艘锈黄色货船，与三百人挤在舱底，在太平洋航行一个多月，抵达彼岸，在风雨中上岸，藏匿三年，出尽百宝，才得到这本护照。”

从心打开扉页，只见燕阳小小照片贴在一层闪闪生光的薄膜下边，绝对不可能揭起更换。

“送给你。”

从心一时还不明白。

燕阳笑了：“照片中的我，像谁？”

照片里的她巧笑倩兮，大眼高鼻，十分漂亮，骤眼看，像极一个熟人，是谁？

燕阳笑了：“傻子，像足了你。”

从心暗暗吃惊，说得是，十足周从心穿上时髦衣裳化了妆的样子。

“护照上的年龄不是真的，我报小了五年，与你年纪相仿。”从心发愣。

“你还不明白？”

从心摇头。

“这是货真价实的加拿大护照，你拿着它，全世界通行无阻，去到哪里都可以，海阔天空，任你闯荡。”

“你……要我冒名顶替？”

“去，飞出去。”

但是，为什么她最终又回头？

“你不说，再也没有人知道你不是燕阳。”她的声音渐渐低下去，像是累了。

从心的手握着护照，不由得颤抖起来。

“不出去一次，怎么都不甘心。”

燕阳笑了，神情十分妩媚，脸颊忽然饱满，像是说到她一生最得意的事，不过刹那间，她又黯然，面孔又转得灰败如昔。

“我只剩这本护照及一箱行李，你都拿走吧，当是答谢你的礼物。”还有一卷美元，拳头大，紧紧用橡皮筋扎住，各种面额都有。

“燕姐，我替你去找亲人。”

“嘘……”燕阳阻止。

她侧着头，像是在听什么声音。

从心惊疑，四周围静寂一片，一点动静也无。

然后，燕阳忽然兴奋地说：“妈妈叫我，听到没有，妈妈叫我呢。”

从心汗毛竖起，忍不住落泪。

“好了，我将去见母亲了，再见，再见。”

她轻轻呢喃，昏昏睡去。

燕阳全身被虚汗湿透，从心照顾她到最后一刻。

不眠不休，从心看守着弥留的病人，深夜，实在累，眼皮无论怎样都撑不开，她靠在床沿盹着了。

正睡得香甜，不知身在何处，忽然有人推她："从心，从心，我走了。"

从心一看，只是燕阳。

她精神饱满，一脸笑容："从心，记住，从此之后，你叫燕阳。"

"燕姐，你已痊愈？"

从心惊醒，才知道是一个梦。

她去看燕阳，发觉她已经没有气息。

从心相当镇定，她鞠一个躬："燕姐，你好走。"

好几个月相处，叫从心依依不舍，落下泪来。

从心出去找人办事。

婆婆轻声说："有了经验，将来，也好替我办。"

"婆婆要活到一百岁。"

信义婆十分智慧："届时，手足还能活动吗？吃的用的靠谁？"从心唏嘘。

她领回了燕阳的骨灰。

从心本来已经沉默寡言，这几天更加心事重重，不发一言，怔怔的，不知在想什么。

一日傍晚，她终于打开了燕阳的行李。

都是七成新的衣物，颜色很别致，有蛋壳青、紫灰、玫瑰红及米黄。

从心忍不住换上一条连身裙，说也奇怪，尺寸刚刚好，她又套上鞋子，略紧，但不压脚。

从心学着燕阳那样缩起头发夹好，骤眼看，同护照上的照片几乎一模一样。

从心吃惊，呵！像燕阳复活了。

婆婆看见少女穿着别人的衣服走来走去，不敢出声。

行李里还有一只鲜红色丝绒包，打开一看，香气扑鼻都是化妆品，小巧金色镶水钻的粉盒，水晶玻璃香水瓶子……它们的主人已经化为小小的一坛灰烬，却成功地找到替身。

从心学着燕阳的一颦一笑，她记得燕姐有冷冷的眼神，满不在乎的笑意。

半夜惊醒，从心像是听到有一个声音同她说：“要走快走，以免夜长梦多。”

第二天，她站在婆婆身边，欲言还休，无限依恋。

老人内心澄明，轻轻地问：“可是要走了？”

从心点点头。

婆婆说："凡事自己小心，大不了回来，婆婆在这里等你。"

"婆婆。"

从心握紧了老人双手，华人不习惯与家长拥抱亲吻，握手已是最亲密举止。

从心留下一点钱给婆婆，收拾了一点细软，乘车离开了乡村。从心每过一关心都咚咚跳，怕给别人识穿。

说也怪，那小小本子好像一件法宝，制服人员一看封面，肃然起敬，有些还即时同她讲起英语来。

从心迅速过关。看一看别条线上的同胞，长龙排到看不见尾巴，从心不觉羞愧，只觉迷惘。

她终于一站一站，来到夏景及冬珊她们最向往的大都会。

呵！人烟稠密，每条马路上都挤着匆匆路过的人群，不知他们从哪里来，又想到何处去。

从心迷了路，呆呆地看途人、看橱窗、看汽车，走进迷宫似的时装店、超级市场，一声不响，怕一开口，泄了真气，会被人认出是冒牌货。

她去航空公司买飞机票。

职员看一看她的护照："呵，回多伦多去。"

这还是从心第一次听到这样奇怪的地名，一个英文字内竟有两个 T 与三个 O。

她打了一个冷战，不谙英语的她竟敢独自到外国去。

化妆品袋夹层里有一张字条，上边写着：张祖佑，蓉街永华大厦七楼，七〇四号。

这个张某是谁？燕阳自称没有亲人，怎么会留着一个这样的名字。

"燕小姐。"从心一时不知道人家在叫她。

职员把飞机票交到她手中。

从心回到旅馆去休息，途中买了几本关于北美洲的图书看。年轻的她害怕归害怕，一时又异常兴奋，乡间小友知道了一定又羡又妒吧，可惜这件事不能宣告天下。

她随即又沉着下来，到了那边得立刻设法打工赚钱，储够一笔还乡。

付了飞机票，那卷钞票少了一半，从心额角冒汗。她深深吸一口气。

已经踏上了这一条路，不能后悔了，这是千载难逢的机会，许多人愿意牺牲一条右臂来换。

她递上护照过关，关员看一看她，在计算机上查看记录，挥手叫她过去。从心已有经验，面上从容不迫，但是背脊湿透，要坐到飞机上才松口气。

什么都觉新鲜，乡下人进城，一点不错，她耐心留意身旁的人怎么做怎么说，照着样子学。

从心旁边坐了一个叫汤承璋的活泼少年，一路上惹她说话。

从心趁机托他代填报关表。

他趁机抄下她的资料。

“看不出你已二十三岁，照片拍得不好，没你真人一半漂亮。”

从心知道第一件事要学好英文。

少年流利地与服务员说英语，要什么有什么：毯子、枕头、报纸、热牛奶……像回到家一般。

从心津津有味读着杂志。少年抱怨，嫌菜式不好吃，要求更换。从心见他刁钻，不禁骇笑，她只是不说话。

到了。

这时，离家已是一万英里，从心忽然想，把她遣返也好，趁还有盘缠回去，到了乡下照样洗衣煮饭……

少年看着她一双手，忽然问：“你练空手道？”

从心莫名其妙。

“你手指关节起茧，一定是练功夫自卫，是否黑带？”

从心听不懂，只是微笑，这双手，瞒不过人，是干粗活的手。

“燕阳，这是我的电话地址，你有空找我。”

从心很谨慎，仍然不发一言。

汤承璋赞说：“不爱讲话的女孩子越来越少了。”

飞机降落，从心耳膜受到气压影响，嗡嗡鸣起，她用双手掩耳。

渐渐她看到城市就在云层底下，真奇妙，什么都是第一次印象最深刻。

下了飞机，已看不到中文，从心跟着其他旅客走向信道，刚到海关大堂，忽然有两只大狼狗蹿出来，从心吃惊，往后退，撞到人家身上，幸亏有人把她扶住。

那两只狗由一个黑大汉牵着，不停嗅闻，分明受过严格训练，名副其实是狗腿子。

从心身旁一位华人太太喃喃咒骂：“就可与纳粹德国

盖世太保看齐，这回，专门对付华裔。”从心一听，心凉了一截，呵，西方极乐世界与她想象中大有出入。

轮到她过关审查，没看见黄线，走得太近，被一个洋人挥手呼喝，叫她退后。

哗！这么凶，从心害怕，原来西方护照只在东方吃香，来到本家，人人都有，不外如是。

从心静静站在关员面前，她已经把自己当作燕阳，坦然无惧。

那洋人只看了一下，就把护照还给她。

终于过了最后一关。

从心茫然，这下子，可往什么地方去呢。

她看到那姓汤的少年在家人拥簇之下欢天喜地离去。领到行李，运气好，无须搜查，走到马路，她无奈叫了一部出租车。

“去哪里？”从心只得把蓉街那个地址交给他。

车子飞驰而去。

先到永华大厦看看，情形不对，再找旅馆落脚。

已经豁出去了，不如沿路看风景。

# 艳阳天

## 贰·

环境越是富裕，
身外物越是精简。

高速公路上车水马龙，形态像一个未来世界，从心对这城市第一个印象是干净，大路上一件废纸垃圾也没有，怎么会收拾得那样好，从心看得出神。

司机把车停下："到了。"

从心抬起头，看到大厦门口有四个中文大字：永华大厦。

这时，警车忽然呜呜驶近，司机一听，立刻催促："快付钱。"见从心还在数钞票，伸手抢了一张二十元钞票就叫她下车。

他把车子一溜烟驶走。

从心拎着行李走近大厦。

只见一群华人围上来，议论纷纷。

“有人跳楼，伏在后巷，已经奄奄一息，恐怕活不了。”

“是哪个单位？”

“自六楼跳下。”

又有人气喘地加入讨论：“六楼陈家两母女死于非命。”

“什么？”

“管理员发现母女倒毙在六楼室内，因此报警，随即发现有人跳楼，怀疑是他杀自杀案。”

从心拎着行李，强自镇定，静静避开人群走进大厦。她乘电梯到六楼。

一条长巷两边都是紧紧关着的门，门上钉着号码。

她按铃。有人来开门，一个七八岁的男孩子看她一眼，忽然欢呼：“妈妈回来了。”

从心又吓一跳，什么，她是别人的妈妈？

她走进昏暗的公寓，目光一时没有习惯，看不清楚，多日劳累焦虑，令她腿部发软。

从心忽然觉得眼前一黑，身不由己，昏倒在地上。

她只来得及听到自己的头撞在地板咚的好大声。

醒来的时候发觉躺在一张床上，天花板上吊着一架模型飞机。一定是那小男孩的睡房。

“妈妈醒了。”从心顾不得后脑炙痛，微笑地看着小孩漆黑大眼睛：“你叫什么名字？”

“妈妈，我是子彤呀。”他伏到从心身上。

从心伸手抚他的头顶。

“爸爸，妈妈没事。”他转头说。

屋里还有别人？哦，一定是屋主张祖佑。

“你回来了。”从心看向门口，只见一个中等身段的男子站在那里。

这一定是燕阳的丈夫。

原来她有至亲的夫与子，但是没有向从心提及，为什么？

从心的双目习惯了光线，她看到张祖佑面貌端正，但是不修边幅，有点褴褛，比起其他城市人，他环境似乎不大好。从心猜得到，永华大厦是一幢廉租屋，租客多数是华人。

“我……怎么昏了过去？”

“你有贫血毛病。”

从心鼓起勇气问：“我可以住在这里吗？”

张祖佑的语气有点讽刺：“你愿意留下，我还敢说什么？”

他们的感情似乎不大好。

他一转身，从心看出毛病来。

虽然在自己家里，他已经熟悉间隔，但他伸长手臂去摸到门框，肯定不会碰头，才走过去。

只有一种人会那样做。

从心轻轻下床来，试探地说：“六楼有人跳楼。”

“是，”他没有回过身子来，冷冷地答，“陈大文终于发了疯。”

“他叫陈大文？”

“是，来了十年，一直在工厂拔鸡毛，终于妻子熬不住穷要与他分手，他最近曾多次与我诉苦，我知道会出事。”

从心像已经进入他们的世界。

肚子饿了，子彤取出面包香肠，从心走过去，陪着他饱餐一顿。

张祖佑说：“我的命运，同阿陈差不多。”

子彤抢答：“不，妈妈这次回来，不会再走。”

他又说：“这一年时间，你在外头玩得很高兴吧。”

从心在简陋的厨房冲了咖啡喝，不敢大意，维持沉默。

从心已看出张的眼睛不好，也许，可以瞒他久一点。

子彤又说："妈妈不会再走。"他伏在从心背上。

从心一见就喜欢这孩子，她说："告诉我，什么地方可以学英文。"

"我带你去，"子彤兴奋，"中华会馆免费教授，走十分钟可到学校。"

"哼，你的英语还不够好？"张的反应相当冷淡。

从心轻轻问："你吃过没有，我服侍你。"

"不敢当。"

"爸爸喜欢吃面。"

子彤拉开冰箱，从心看见有肉有菜，立刻动起手来。

"子彤，你可也来一碗？"

子彤却说："我不吃华人食物。"一溜烟走开。

张祖佑苦笑。

从心轻轻说："受他们的教育，迟早变成他们那样的人。"

张祖佑一怔，侧着头，像是不信燕阳会说出这样的话来。

从心警惕，连忙噤声，她也知瞒不过一世，她怎么可能在燕阳的丈夫面前长期扮演燕阳。

一大碗热腾腾的面捧到他面前，铁汉也不由得低头，匆匆吞食。

“头发太长了，我帮你理一理。”

他还没回答，子彤已经拿出电剪。

从心笑着说：“子彤，你先来。”

她找来毛巾，替子彤披上，熟手女工似的开动电剪，不到几分钟，就替子彤剪了个平头。

“来，洗澡。”

“我不洗。”

“耳朵后多脏，女同学会取笑你。”

这句话最灵光。从心替张祖佑泡杯茶，领子彤进浴室。

他不由得侧耳细听动静。

小彤说：“妈妈，我要脱衣，你先出去。”

“我帮你冲洗才会干净。”

“不，男人洗澡怎可让女人看到。”

“我闭上双眼替你洗刷不就行了。”

接着，流水哗哗响起，子彤喊起来：“烫，烫。”

张发呆，屋子里忽然有了生气。

子彤带着肥皂香气出来，同他父亲说：“唏，妈妈回来了真正好。”

真的，家有一个勤力女人等于多只耕牛，田园不致荒废。

接着，柔柔的声音响起：“轮到你了。”

他咳嗽一声：“我？”

“是。”

电剪再一次开动，一只温柔的手轻轻在他头顶移动。

他听见她说：“公寓虽小，倒也五脏俱全，卫生设备，厨房炉灶，一样不缺，十分方便。”

他嗯一声：“你又不是没见过豪华大宅。”

“够用便好。”从心说。

“这样知足，又何必离家背井。”张祖佑说。

“就是不够呀，想挣点钱，让婆婆过几年好日子。”

他笑了：“呵，金山梦。”

从心不出声，再说下去，可真要穿帮。

接着，她替他刮胡须：“有没有看眼科医生，是怎么回事？”

“视网膜神经日渐退化，是一种遗传病，暂时无药可救。”

“日后呢？”

“或许可以植入计算机芯片刺激脑部神经，恢复视力。”

“此刻你看出去是否黑暗一片？”

“不，有灰色蒙蒙影子，故此可以勉强料理生活。”

可怜的人。

这是燕阳离开他的原因吗？

“你失业在家？”

“不，我有工作。”

“啊，什么工作？”

他忽然噤声，不愿透露详情。

从心发觉他的一边耳朵红起来，像是十分尴尬。

从心帮手收拾屋子。

傍晚，她告诉张祖佑：“我出去买些日用品。”

子彤本来在做功课，一听跳起来：“不行，不准妈妈出去。”

张喝止：“她要回来，一定会回来。”

“我跟着去。”

“坐下，不准没出息。”

子彤忽然大哭。

“越来越不像话。”张顿足。

从心只得坐下来：“好好，我不走，行了吧。”

公寓只得一间房间，从心打地铺。

奇怪，这里不像是燕阳愿意落脚的地方，可能，只是她第一块踏脚石。

第二天一早，她送子彤上学。

子彤同每个人介绍：“我妈妈，我妈妈回来了。”

黄头发的老师前来打招呼：“张太太，真高兴见到你。”

大家由衷觉得安慰，不理真假，照单全收。

从心一定与燕阳长得非常相似，否则，众人不会不起疑心。

回到永华大厦门口，见工人在清洗行人道。昨日的血迹，一去无踪。

昨日的三条人命，从此消失，像没有出生过一样。

从心叹息。

她找到了学习英语的社区中心，立刻报名。

有人向她搭讪："新抵埠？"

从心不敢回答，又到附近找工作。

唐人街走十分钟就到，不用乘车，可省下一笔车资，难怪破旧的永华大厦挤满住客。

有一家茶餐厅贴出聘人启事。

她走进去应征。

老板娘看她一眼："你打算做什么？"

"厨房清洁。"从心说。

"长得漂亮，何必躲在厨房，你做楼面吧。"老板娘说。

从心嚅嚅说："我只能做半工，我需要读书。"

"早上六点到三点，可适合你？"

"好极了。"

老板娘看过她的护照。

"明日来上工吧。"

真是金山，从心欢喜得跳跃起来。

街上阳光普照，蓝天白云，都叫她无比振作。

她买了日用品，匆匆回永华去。

如果经济情况允许，她过些日子就可以搬出来，再过些日子，可以寄钱回家。

一进门闻到咖啡香。

张祖佑靠在安乐椅上盹着，身边放着一台手提电脑。从心走过去偷看一下，只见荧幕上密密麻麻都是英文。咦！他是个知识分子，因眼疾失去工作，以致潦倒。他在写什么？从心但愿看得懂。

哦，他醒了。

“你回来了？”他苦涩地问。

“是，我找到了工作。”

“又是做女招待？”语气讽刺。

从心不以为意：“你怎么知道，是凤凰茶餐厅女侍，早出早回，下午进修。”

张一怔，没想到真是劳力工作，一时沉默，过一刻才说：“极之吃苦，会站得双腿都肿。”

从心笑笑：“我不怕。”

“我以为你回喜鹊去，对不起，小觑了你。”

喜鹊，那是什么地方？

从心蹲下去问：“你在写什么，英文真方便，只得二十六个字母，熟悉了字键，不用看也打得出来。”

他讪讪的，不回答。

从心也没追问。

“我想把床单洗一洗。”

“大厦地库有洗衣机。”

屋子里多了一只工蜂，团团钻，嗡嗡声把一切功夫做出来。

从心永不言倦，年纪轻，有力气，又富好奇心，什么都肯做，每天睡五六个小时已经精神饱满。

自从她进门以后，张家父子生活起了变化，有人照料还是其次，多了笑声才最重要。

三个月过去了，天气转凉，从心拿着薪水去置寒衣，才发觉生活费用不低，要储蓄比登天还难，但是她努力汇钱回家。

她同婆婆说：“我住在朋友家，白天打工，晚上学英文，很充实，不要挂念我。”说的也都是事实。

早上六点，天未亮，已经站在店门等老板娘来开闸，笑嘻嘻，初雪飞絮般落在她乌亮的头发上，双颊红绯绯，像个安琪儿，真是好看。

老板娘很快把店门锁匙交给从心，她还没见过那般勤奋可靠的伙计。

从心有个绰号，叫凤凰之花，许多年轻人借故进来看她一眼，顺带喝杯咖啡吃个面包。

从心绝不同任何人搭讪，低下头，微微笑，像是什么都听不到，又像十分明白，有种禅的味道。

一位太太同老板娘说："是你亲戚？长得那么漂亮，何用做女侍。"

老板娘叹口气："你说得对，长得一朵花似的，怎么留得住她。"

"可是新移民？"

"不，已有身份证。"

"你运气好，得到一块活招牌。"

从心也不过学别人穿白棉布衫蓝卡其裤，可是美好身段展露无遗。

一天晚上，她在公寓做针线活。张祖佑走过来。

"别走近，我手上有针，会刺到你，要什么我给你拿。"

"要杯茶。"

她去斟给他。

"在缝什么？"

她笑答：“替子彤整理寒衣，有洞的补一补，纽扣掉了缝上，不合穿的拿去救世军。”

张半晌作不得声：“你都会安排。”

“那还不容易。”

“谢谢你。”

“应该的，我住在这里，你又不收租金。”

张沉默。

从心想起来：“有一封信，由青鸟出版社寄来，你看到没有？”

“呵，你看得懂英文了。”

从心笑：“我天天拼了老命背书念生字，读英文报纸头条，总有些进步。”

张点点头。

从心要求：“你会英文，你可以教我。”

“我？我是三脚猫。”

“教我也绰绰有余了。”

张却说：“子彤放学时间已到。”改变了话题。

“对，学校安排子彤到近郊露营滑雪，一连两晚不回来。”

“嗯。”

“你放心？我有点不舍得。”

“你与他投缘。”

从心忽然抬起头来。

这话不对，有漏洞。

她站起来：“我送衣物用品到学校给子彤。”

在学校碰到老师。

她叫住从心：“张太太，本学期子彤的健康与学业都大有进步。”

“那真是老师的功劳。”

“不，你督促得好。”

从心谦卑地笑。

她放下用品，叮嘱子彤几句，才回公寓去。

脱下大衣，发觉张祖佑已经休息。

那封由青鸟出版社寄来的信已经拆开，搁在桌上，原来是一张支票，面额千余元，对从心来说，是笔巨款。

出版社怎么会寄钱来？奇怪。

她洗了把脸，躺到旧沙发上，像回到家乡一样，立刻睡熟。

半夜，她听见身边有瑟瑟响声，一下子惊醒，睁开眼睛，发觉张祖佑坐在她身边。

公寓里只得他们两人，可是，从心却不害怕，她对这苦涩、孤僻、沉默的男子有一定了解，他不是坏人。

“吵醒了你。”

“不，我已睡了一觉。”

张微笑：“你一点脾气也没有，真好。”

“咦，婆婆却一直说我憨蠢得像头牛。”

两个人忽然静了下来。

隔了很久很久，从心说：“你鬓角长了白发。”

“是，子彤前天告诉我。”

然后，从心轻轻说：“你一早已经知道我不是燕阳了吧。”

张祖佑不出声。

“瞒不过你的法眼。”

“法律上我是盲人，领取伤残津贴。”

“你心不盲。”

他问：“你叫什么名字？”

“我叫周从心。”

“你与燕阳有七分相像，刚进门，我真以为你是她。”

“是什么时候发现不对？”

“你愉快、勤劳、温暖，燕阳从来不是这样。”

“为什么不揭穿我？”

“我与子彤都享受你带来的阳光。”

“你不担心燕阳下落？”

“我同她并没有感情。”

“什么？她是子彤的母亲。”从心大为讶异。

“不，你误会了，子彤的母亲另有其人。”

从心张大了嘴。

她没想到张祖佑的感情生活如此丰富复杂。

“燕阳现在身在何处，你怎么冒用她的身份？”

“她已不在人世。”

从心简单地把事情说了一遍。

“啊，你们在乡村认识。”

“是，叶落归根，她回家安息。”

张祖佑十分唏嘘。

从心鼓起勇气问：“你俩怎会结婚？”

张涨红面孔。

过了片刻才答："我同她，是假结婚，她想借此取得护照。"

呀，原来如此，从心听过这种事。

"那时我极之贫困，眼看要与子彤睡到街上，她愿意付出一笔款项，换取身份，因为移民局查得紧，她搬进这里，住了两年。"

从心又轻轻问："子彤的生母呢？"

"她是个难得的好女子，因车祸丧生。"声音忽然嘶哑。

"对不起，没想到那样不幸。"

张垂下头，颈项乏力，软绵绵，极之沮丧。

从心说："一切都坦白了，我好轻松。"

"你远离家乡，到这里来干什么？"

"闯一闯。"

他点头："燕阳也是那么说。"

他对她，似乎也不是完全没有感情。

"你会从此看不起我吧。"

从心笑出声来："我还有资格小觑人？我连头都不敢抬起来，我真怕有人认识真的燕阳，将我告到官里去。"

张祖佑沉默，这女孩真坦率可爱。

从心索性起来，泡了茶，一人一杯，边喝边谈。

张祖佑轻轻讲下去："妻子丧生，眼睛又坏了，我抬不起头来做人，自暴自弃，酗酒、暴躁，害苦了子彤……"

"之前，你做什么工作？"

他始终不肯回答。

半晌，他问："燕阳……她去时没有痛苦吧？"

"她很平静，她病了很久，算是一种解脱。"

从心双眼濡湿。

张低低叹息。

仿佛看到当日不羁的她叼着香烟与他谈判的样子来。虽然他双眼不好，只看见一个朦胧的影子，也知道是个丽人。

"一个男人，怎么会搞到这种地步。"

当时张祖佑十分气愤，想叫她走。

"可怜，还有一个那样的小孩子。"

张祖佑不由得沉声说："不关孩子的事。"

燕阳答："我需要你，你也需要我，这样吧，我们彼此利用可好？"

这样爽快，倒不坏，张祖佑嗯的一声。

他们终于去注册结婚。

燕阳晚出早归，做的是什么工作，可以想象。

他们各有各的自由，互不干涉。

燕阳十分幽默，曾经这样道："真夫妻就做不到这样尊重，不相爱有不相爱的好处。"

挤在一间破旧的小公寓内，两人一起渡过难关。

从心问："她为什么要走？"

"她爱上了一个人。"

"啊，她说过，是错爱。"

"那人说，可以把她带到美国，做国际模特儿。"

"这样大的空头支票，她都相信？"

张祖佑牵了牵嘴角。

也许，她不能不信，她只有这条路。

"那人带她去纽约住了一年，后来那人失了踪，她传染到恶疾。"

接着的事，从心都知道了。

"她回乡之前来找过我。"

从心恻然。

是话别吗？

“她说：‘阿张，我同你办离婚手续，我不想成为你的负累。’”

啊，到了这种时候，她还晓得为他人着想。

“很硬气，不解释，也不抱怨，她走的时候，子彤十分伤心，他唯一认识的妈妈，只是燕阳。”张祖佑说。

从心缓缓说：“燕阳说，她的名字，是艳阳的意思。”

但是其实太阳照不到她身上。

燕阳同她一样，是个混血儿，也是个孤儿。

这时，张祖佑忽然说：“我累了。”

“你休息吧，我去上班。”

那一天，在凤凰茶餐厅，发生了一宗事。

先是一个女客，叫一杯咖啡，坐了好久，添了又添，累得从心跑来跑去。

从心就是这点好，绝不觉烦，一直微笑。

女客终于走了。

老板娘说：“奇怪，打扮斯文，举止无聊。”

这时，有洋人流浪汉进来乞食，从心取个隔夜面包给他。

老板娘轻轻责备："你给他，他天天来，吓坏正经顾客。"

从心只是赔笑。

话还没说完，那女客又来了，这次还带着一个年轻人。

两个人坐下，对着从心指指点点。

老板娘走过去："两位要什么？"

"我们想同那位小姐说几句话。"

从心忽然害怕。

莫非是移民局！

老板娘挺身而出："你们是哪里的人？"

那年轻人连忙站起来："我们是华光中文电视台职员，这是我们名片。"

老板娘一听，立刻变得笑容满脸："哎，自己人，为什么不早说，小明，拿蛋糕来请客，两位有什么事？"

那女客笑说："我叫李美赐，是这一届华裔小姐选举负责人，实不相瞒，看中了那位小姐。"

"是燕阳？阿燕，过来一下。"

从心只得过去。

"请坐。"

“我在工作，站着很好。”

“你叫燕阳？”

从心迟疑着不愿回答。

“燕小姐，我们节目你可看过？”

老板娘抢着回答：“十分精彩，当选的华姐可往香港决赛，往往名成利就，像余杏瑶、陈美顺，可是这样？”

“对，我们希望燕小姐参选。”

老板娘又问：“一定拿头奖吗？”

那年轻人笑了：“我叫李智泉，是广告部经理。”

呵，智能似泉水一般，那多好。

从心只是不出声。

华裔小姐第一名？好不令人兴奋，这同到纽约做模特儿，或是往好莱坞做大明星，是同一式的陷阱吧。

两个电视台职员同时说：“燕小姐考虑一下回复我们。”

他们告辞。

从心即时埋头工作。

凤凰茶室却扰攘起来。

“艳色天下重，这老话没错。”

“竟然找到这里来。”

“有仙人指路似的。”

“阿燕一下子就成为名女人了。”

“到时别忘记请我们吃大餐。”

老板娘最感慨：“这样漂亮，怎么留得住她。”

从心只当他们在说别人。

她回到公寓，也不提起。

子彤自滑雪营回来，非常兴奋，讲了又讲，拉着从心的手，妈妈长，妈妈短。他是那样渴望拥有母亲，不管真假，是否亲生，都不介意，从心为之恻然。

张祖佑说：“我兑了出版社支票，今天出去吃饭。”

“哎呀，我已经买好菜。”

“明天再煮。”

这还是他们第一次约会。

他们一行三人去吃西餐，从心第一次被人服侍，很不好意思，她用英语点菜，张祖佑诧异：“讲得好极了。”十分佩服她进步迅速。

表面上看，真像一家三口。

从心十分照顾他们父子，把刀叉、调味品交到张的手中。子彤笑说：“妈妈，我们自己会。”张祖佑低着头不出声。

像，越来越像，不是像假妻，而是像亡妻德慈。

他暗暗自语：德慈，你可怜我，可是你阴灵回来照顾我父子？他哽咽。

终于，他不着边际地问："还喜欢这里吗？"

从心由衷地答："喜欢，这里不会先敬罗衣，教育普及，设施完善，是属于大众的社会，人人有资格打球、游泳、滑雪……"

张微笑："开头，新移民都如此赞美。"

从心讪讪地说："当然，每个社会都有暗流。"

片刻，大家吃甜品。

"我以为你一来就看见有人跳楼会觉得害怕。"

从心把一勺冰激凌喂到他嘴里："我也以为你挺不爱说话。"

子彤看见他俩这般情形不觉高兴地笑。

从心享受了一个现成的家庭。

第二天，她收到一份华裔小姐参选表格。

老板娘说："还不快填妥送进去。"

从心笑："我哪里有本钱？"

“我替你找刘律师做提名人。”

“不，我……”

“这是一个机会，阿燕，你不是想挣点钱供养婆婆吗，在茶餐厅做工哪里有前途。”

“这也是一份正经工作。”

“万一借此进了演艺界，财源滚滚来。”

从心笑：“哪有你说得那么好，说不定有许多黑幕陷阱等着去踩。”

老板娘却遗憾地说：“我若年轻貌美，势必闯一闯，入了宝山，再也不会空手回。”

从心的心咯地响了一下。

就这几年了，十六到二十二，一个女子的青春就这么多，如果读好了书做事业，那又不同，那简直可与天地同寿，才胜于貌，大可做到七老八十，甚至死的那一日。

她周从心会什么？她只得一双手。

那天下午，趁空当，她填妥表格，寄出去。

又跟那位李美赐通过电话。

李女士很高兴：“祝你成功。”

赚取经验，见一下场面，也是好事。

老板娘十分支持："你受训期间照支薪。"

"怎么可以。"

"互相利用，接受访问，一定要在凤凰。"

从心笑出来。

可有利用价值了，有人要利用她！是多么开心及值得骄傲的一件事。

回到公寓，看见张祖佑一个人对着窗口，像在凝视什么。从心问："吃过午饭没有？"

他却静静问："你参加选美？"

"是。"

"电视台有人打电话来，说明早九点钟通告。"

"谢谢你。"

"你可知选美需穿着游泳衣在众目睽睽之下四处走？"

"我听说过。"

"你不怕？"

从心不出声。

"你同燕阳真的相似。"

从心轻轻说："这是骂我吧。"

“你是我什么人，我同你什么关系，我怎么敢骂你。”

“张先生，你这人真不好相处。”

“真是难为了你，我这人又盲又穷，是根废柴，你早日飞出去吧，我不阻你前程。”

他回到房里，关上门，再也不出来。

从心发觉自己竟与张祖佑吵架了。

刚在懊恼，电话铃响。

“燕小姐，我是电视台李智泉，记得吗，有一则化妆品硬照广告，想找你拍摄，酬劳是——”他说了一个数字。

啊，是可缴付永华大厦三个月房租。

从心冲动地说：“我立刻来。”

她不想欠张氏人情。

李智泉笑了：“不是今天，是下星期。”

从心这才想起来：“我不会……”

“没关系，有专人指导。”

她只需人到就可以。

接着几天之内，张祖佑没与她说过一句话。

到了约好的日子时间，李智泉来接从心。

他开着一辆小跑车，活泼开朗，能说会道，双目明亮，可是，从心却牵挂小公寓里的张祖佑。

李智泉把她带到一个摄制室，工作人员已经在等候，一见从心，都一怔。

“阿智，有这样的人才，怎么不早说？”

立刻有三四双手来侍候她，有人替她喷湿头发，重新做发型，又有化妆师来帮她打扮，摄影师在她脸上测光……

李智泉递茶水给从心。

接着，好几个金发美女莺声呖呖走进来，人人衣不蔽体，露着腰肢肚脐，二话不说，当众更衣。

从心立刻眼观鼻，鼻观心。

她们与李智泉态度亲热，不避嫌疑。

从心明白沉默是金，一声不响，看上去，非常冷酷及有信心的样子。其实，已经吓破了胆。

那班洋女见一个华女动也不动，板着面孔，倒也不敢造次，各自喝黑咖啡及不断抽烟。

化好妆，从心在镜子里看到自己，更是惊上加惊。

只见整张面孔闪亮，银白眼睑上贴着一颗颗假钻石，像化装舞会中面具。

她看向李智泉。

谁知李君过来轻柔地说："原来你有一张这样完美的面孔。"

摄影师更是赞不绝口。

李问："你是混血儿？"

从心不置可否。

"但是又像足华裔，只四分之一高加索[1]血统吧。"

周从心不能回答这个问题。

因为她自己也不知道。

李智泉让她签一张简单合约，支付她一张支票。

摄影师过来说："一出好莱坞制作在这里拍外景，正想找特约试镜，阿燕，你去试试。"

从心还未回答，李智泉已经说："可是艺伎桃桃子[2]的故事？"

"是，需要大量东方面孔。"

[1] 高加索：是位西亚地区，伊朗和土耳其以北，于黑海、里海之间高加索山脉的地区。

[2] 桃桃子：《艺伎回忆录》的初桃。

李智泉说："好，我做你经理人。"

从心吓坏了："我不会说英语。"

李却说："你讲得好极了，放心，导演不会叫特约上台讲解火箭科技。"

一步一步，把周从心推上舞台。

不，是燕阳，她叫艳阳，艳阳天。

过一日，从心将支票兑现，把钞票放在张祖佑面前。

她说："这是我付你的房租，请笑纳。"

张祖佑很平静："多谢，蜗居浅窄，留不住你，你早日找地方搬吧。"

从心坐下来，不出声。

"叫人看见公寓里有潦倒汉与小孩同住，大不方便。"

从心仍然不响。

张祖佑故意问："咦，你还在这里？"

从心轻轻说："是，周从心仍在你面前，燕阳早就走了。"

张祖佑这才蓦然想起，啊，原来这聪敏女发觉他是在与燕阳说话。

他眼睛看不见，心情悲怆，一时混淆，以为是燕阳要奔向名利之路。

“对不起，我冒名顶替，令你勾起不愉快记忆。”

“从心，危险。”张祖佑说。

“我知道。”从心说。

“燕阳是你的前车。”

从心抬起头：“贪慕虚荣的贫女只得一条路，最终会车毁人亡，可是这样？”她微微笑。

她走近窗户，往下看，入夜，对面马路时有形迹可疑人物兜售各种毒品，还有流莺疲倦地向途人媚笑。

这时，自窗外流入的空气却不失新鲜。

燕阳与张祖佑之间的关系有点暧昧，就像从心与他一样，两个沦落的人，在同一屋檐下挣扎，日久，互相信任依赖，他只得她，她也只有他。

他不舍得燕阳走，他更不想温婉的从心离开他。

很像古时的落难书生，突遭奇遇，有织女自天上来，救过他一次，走了，然后，再生活在黑暗中，正当绝望，忽然，又来了一名天使。

从心过去握住他的手：“我很感激你收留我。”

张祖佑伸出手，轻轻触摸她的额角，呵，有点倾斜，无父母缘，但是，眉毛浓密细长，鼻梁高挺，轮廓与燕阳真的相似。他叹口气。

“又得向子彤解释你为何离去。”

“他会明白。”

“是，不得不明白之际，也只得明白。”

“迟早，我都得搬出去。”

“你打算一路沿用燕阳身份？”

“还有什么办法？”

的确没有更好的途径。

幸亏这时子彤放学回来，小公寓内暂时恢复热闹。

周从心要是现在就退缩及改变心意的话，也还来得及，近郊菜园一直聘请工人，还有，制衣厂缝工待遇也不差，快餐店、超级市场，都需要人手，养活自己，不是难事。

这不是一个势利的社会，动辄看不起人，白领、蓝领，每一个人都有他的功能、位置。人格有高低，职业不分贵贱。

从心知道是她本身有野心。

她汇钱给信义婆：“我已经习惯当地生活，第一次看到下鹅毛大雪，原来同图片中一模一样，白皑皑一片，不过走路可要小心。”

忽然放下笔，落泪饮泣。

张祖佑听见她对未来的恐惧，却没有能力安慰保护她，他比她还要难过。

他没有条件留住她。

第二天，李智泉又来接从心。

“这是一个百货公司单张里的睡衣广告，你放心，绝不暴露。”

到了现场，开始工作，负责人大声吼叫：“泰拉·勒冰斯基在什么地方，泰拉到了没有？”

有人回答：“泰拉的姐妹说她不能来，她醉得不省人事。”

负责人一边诅咒一边问：“燕子，你来，双倍酬劳。”

一边把半透明的内衣递过去。

李智泉刚走开，从心发觉她也不需要谁来替她说话，不痛苦，何来收获。

她一言不发接过内衣，立刻换上。

从心不敢照镜子，吸一口气，走回灯光下。

“哗，漂亮极了，叫泰拉继续昏睡。”

李智泉来接她，看到从心无邪地微笑，示范最性感的内衣，不禁呆住。

真没想到她的身段也这么好，他踌躇片刻，不，她会是他的猛将，他不能碰她。

拍摄完毕，从心穿回大衬衫。

李智泉低声问：“不觉委屈？”

“模特儿工作就是这样。”

李智泉有点佩服。

从心说：“我须去华姐彩排。”

“一时三刻发生这许多事，你应付得很好。”

真的。

百忙中还教子彤中文，有时一边刷牙一边教笔画。

一大早起来如常到凤凰茶室，下班赶回公寓替张祖佑打点一下，上英文班，往电视台排练，集体接受访问、拍照，做模特儿工作，她居然气定神闲。

老板娘千叮万嘱：“得到冠军后记得戴着钻冠到凤凰来拍张广告照，哎，店叫凤凰，可不就出了凤凰。”

选美这玩意儿也不易应付，有一个环节叫天才表演。

从心懊恼说："我什么都不会。"

"唱歌总行吧。"

从心低头："我只会唱《揭起你的盖头来》[1]。"

李美赐笑："你就唱中华民歌好了。"

"人家不是芭蕾舞就是钢琴。"

"洋的不一定比中的好。"

从心说："英语国家在强势，世人没有不崇洋的。"

李美赐点头："说得好。"

李智泉解围："大家都拿着护照，都已经是外国人。"

一班参选的女孩子都成为好友，只有从心例外，她与她们格格不入。

年龄相仿，但心境相差太远，保持距离比较好，她总是微笑，维持缄默。

决赛夜换上织锦旗袍，她忽然怯场，想卸妆逃回小公寓。

李美赐跑进跑出打点一切，看见周从心躲在一角，便过去拉着她说："放心，在台上，你看不到观众，吸一

[1] 《揭起你的盖头来》:《掀起你的盖头来》。

口气，当他们不存在。”

这倒是秘诀。

从心踏上舞台。

一切都是这样不真实，像做梦一样，她来到今日这个位置。

她走近司仪身边，台下传来惊艳的叹息声，从心双手忽然不再颤抖。

强光下从心看不见观众，因此豁了出去。

从心顺利应付全部环节。

李智泉在台边看着她。

这女孩可能天生该吃这口饭，随意哼一首民谣小调，也有无限缠绵之意，洋人观众尤其着迷。

“揭开你的盖头来，让我来看看你的脸，你的脸儿圆又圆……”

宣布名次的时候，从心站在后排右角，第三名、第二名都出去了，唤到燕阳二字，她一时会不过意来。

当时所有的人看着她，她却傻笑，足有三两秒时间没有反应，她身边的女孩子急了，推她一下，她才知道冠军是她。

呵，第一名！

从心的脚像踏在云里，不真实，地板仿佛软绵，每一步都踩出一个凹痕，上面写着周从心三个字。

她突觉眩晕，连忙定一定神，咧齿笑，颊上肌肉有点酸软，顾不得了，她睁大双眼，在水银灯下似宝石般发出晶光。

观众热烈鼓掌，一位中年太太由衷地说："这一届华姐最秀丽，去香港竞赛，毫不逊色。"

"对，漂亮而端庄，又够活泼，真正难得。"

"是土生儿吧，身段那么好，像洋妞似的。"

"可替华裔争光。"

各人脸上都有兴奋之色。

在永华公寓，张祖佑看着小小电视机荧幕，他双眼不好，只见一片模糊闪光，可是听得到旁白，"燕阳"两个字一出，他心咯地一跳。

连忙关掉电视。

他坐在黑暗中不发一言，呵，终于跑出来了。

他故意叫子彤早睡，不让他看到选美特辑。

他对这女孩子一无所知，连她面貌也认不清楚，她无故来到他的家，自称是燕阳，住下来，带来阳光希望，此刻，肯定要走了。

张祖佑想，男人要豁达一点，祝她前途似锦，万事如意，千万不要再说任何讽刺的话。

他垂着头，开一罐啤酒，独自喝起来。

这半年，冰箱里装满食物饮品，子彤曾经欢呼："爸爸，我们真富有。"——都由这女子买回补给。

日用品像卫生纸及牙膏、肥皂也由她抬回来，出钱出力，子彤也不用穿脏衣服，她甚至替孩子洗球鞋，没有人会相信一个选美皇后会拥有勤做家务的美德。

张祖佑忽然心平气和，得到过已经够好，她陪伴他们父子这段日子，相信是缘分，世上没有一辈子的事，他应感到满足。

他一个人坐在黑暗中，不知过了多久，正想去休息，忽然听到门一响。

他扬声："回来了？"

从心嚅嚅地问："你还没睡？"

"恭喜你，拿了第一名。"

从心走过来，脱下高跟鞋："这双鞋真难穿，险些摔跤，叫了第三第二名，我还以为已经落选，可白费工夫了，谁知又喊到燕阳。”

“我相信你今天一定最漂亮。”

“我运气好而已。”

“去，去休息，明天是你的新纪元。”

从心实在累了，笑一笑，脱下长旗袍，洗干净化妆，倒在沙发上。

她更衣从不避他，因为他看不见，况且，公寓那么小，避无可避。张祖佑听见窸窣声响，百感交集。

那夜，睡得正浓，从心梦见燕阳。

她朝她轻轻走过来：“从心，好睡。”

从心睁开眼，看见她微微笑。

“燕姐，你来看我了。”无限欢欣。

她脸上有患病时的紫血色，可是从心不怕，明知阴阳相隔，却有说不出的亲切：“燕姐，真想念你。”

燕阳黯然：“我想你似一阵风，你想我要在梦中。”

从心迫不及待：“燕姐，我得了头奖。”

“这种第一名算什么，将来，叫你开眼界的事还多着呢。”

从心惊问：“还有？”

“当然，这不过是第一步。”

“我怕有人识穿我不是燕阳。”

“你确是燕阳。”

“燕姐——”

“你不说，谁知道，去，去到尽头，为我争口气。”

这时，闹钟响了，从心跳起来。

她立刻替子彤做早餐送他出门。

“今日默书，记住别草率，错多过两个字已经拿不到甲级……”十足慈母，或是大姐姐。

张祖佑听见，不禁吁出一口气。

电话铃响，从心去听，声音降低。

“睡得还好，是，极兴奋，试镜？我马上来，不过，先要到凤凰去拍照，我答应过老板娘替她宣传。”

张祖佑想，很快，她会发觉答允过的事不一定都能实践。

出门之前，从心仍在厨房忙个不休。

张祖佑问：“你做什么？”

她回答：“煮一个西洋参鸡汤，回来有的吃。”

“你不必再忙这些了。”

“我觉得很好。”她抹干双手换衣服。

张祖佑咳嗽一声，从心抬起头来。

“去试镜？”

“是，做电影临记，换取经验。”

“嗯，是个花花世界。”

从心笑了：“酬劳很高。”

她赶出门去。

在电梯口，碰到一个穿西服的洋人，正在研究门牌。

“这位小姐，问一声，我找张祖佑先生。”

从心不由得疑惑：“我正是他家人，你是哪里找他？”

“青鸟出版社。”

从心听过这个机构。

令从心奇怪的是张一直同出版社有联络。

她带客人往回走。

她先敲门，然后说：“张先生，有人找你。”

张立刻问：“是格连活？”

“祖，这大厦不好找。”

从心见他们那么熟稔，为他们斟出咖啡，才去工作。

自那刻开始，一整天没闲下来。

在凤凰拍妥宣传照，李智泉陪她到片场试镜，她需讲几句对白，紧张得她有点口吃。

从心已在牙齿上抹了油，免得笑起来粘住嘴唇，但仍觉得笑得不自然。

像选美一样，每人拿一个号码，代替名字，方便登记。

李智泉轻轻说："很快，会用灯泡或霓虹光管镶起你的名字。"从心嫣然一笑。

李智泉就是喜欢看她的笑脸。

从片场出来，从心说："智泉，我请你吃饭。"

李智泉微笑："你家还是我家？"

"我们去吃快餐。"

"不如上我家来。"

从心迟疑。

"不怕，你应知道我不是那种人。"

"我相信你。"

李智泉住湖边中上级公寓，景观甚佳，全白装修，他住得潇洒，很少杂物，与永华大厦的住客大不相同。

原来，从心发觉，环境越是富裕，身外物越是精简。

他斟杯矿泉水给她。

半晌，李智泉说："祝你万事如意，心想事成。"

"谢谢你关照。"

"到了香港，发展顺利，别忘记我。"

"智泉你真客气。"

"我的眼睛雪亮，观众目光亦不差，你会成功。"

从心笑出来："我还未决定做什么呢。"

李智泉立刻说："演员，模特儿，歌星。"

"我哪里会唱歌。"

"谁会？没关系。"

"我知道了，你是叫我出卖色相。"

"声色艺，这色字排第二，地位不低呢。"

"智泉，同你说话真有趣。"

"燕阳，关于你的身世——"

从心顿时静下来。

"我知道你出身有点复杂，不要紧，观众并不要求一个艺人是大家闺秀、名门淑女，但是，切勿欺骗他们，别吹牛，别说谎，别夸耀，他们一定接受你。"

"谢谢忠告。"

他吁出一口气："我还以为会得罪你。"

"不，智泉，这比塞钱进我口袋更好。"

李智泉感喟："明白这道理的人不多。"

从心微笑。

"对，"李智泉索性一不做二不休，"你的手比较粗，出发之前，到美容院浸一浸蜡。"

他真细心。

从心看看时间："我得回去了。"

"你的奖金、奖品下星期便可发放，这段日子内，我继续替你接工作。"

"你没有女友？"

他苦笑："我成日与美女们接触，异性最忌，何来伴侣。"他说的是真话。

他驾小跑车送她回去。

"燕阳，明日起学开车。"

"我——"

"放心，我借车给你。"

从心觉得这半年来她奇遇真多，一件接一件。

回到公寓，一开门，便看见张祖佑在等她。

从心轻轻问：“子彤呢？”

“在邻居家玩。”

“功课做完没有？”

“第一件事洗澡，第二件事吃点心，然后做功课，都是你训练的。”

这时，从心发觉张祖佑脸上有罕见的笑容。

她在他对面坐下来：“出版社来的客人走了？”

“早就走了。”

“他带来好消息？”

“你真聪敏。”

从心微笑：“可以让我分享吗？”

“从心，你不知道我做何种职业吧。”

从心一怔，他有工作？她一直以为他领伤残津贴为生。

张祖佑低声说：“我是一个写作人。”

半晌，从心才会过意来：“作家？”她太过诧异，张大了嘴。

张笑：“成了名才叫作家。”

从心合不拢嘴：“你写什么，小说、诗，还是散文？”

“小说。”

呵，怪不得青鸟出版社频频接触，有时寄上支票，有时派职员来探访。

真没想到他双眼不便，仍然努力工作，从心十分感动。

“你看不见，怎样写作？”

“靠出版社提供的手提电脑。”

“你写的是英文？”

“在外国，自然写英文。”

“你从未提及你的英文那样好。”

张黯然：“我原是多大英国文学系硕士生。”

哎呀，从心大吃一惊。

他的秘密比她还多。

他申诉：“眼睛功能退化，接着，子彤母亲去世，我酗酒，失去工作……”

从心连忙接上去：“现在好了，大作出版后，一纸风行，洛阳纸贵。”

张祖佑忍不住笑：“呵，从心，你真有趣。”

从心肯定：“那必然是本好小说。”

吃过苦，才能写成佳作。

“初步协议，明年初出版。”张祖佑说。

“小说用什么题材？”从心好奇。

他有点腼腆，不愿透露。

“出版后切记签上下款送我一本。”

“一定，从心，一定。”

从心由衷地说：“真替你高兴。”

报过喜讯，小公寓内忽然静下来。

他的思绪本来乱成一片，别说是写作，连生活都照顾不来，全靠从心，自她出现之后，家里井井有条，他才能提起精神，把作品完成。

她是他的缪斯。

“你几时动身去香港？”

“明年春季。”

“子彤会不舍得你走。”

“我去个多月就回来，不见得立刻飞上枝头，名成利就，身不由己。”

张祖佑叹口气：“你比燕阳精乖。”

“我也是从她经验里学习。”从心唏嘘。

“出版社同情我的遭遇，答允预支若干稿酬，我与子彤的生活将不成问题。”

“没想到外国人亦有人情味。”

而且，他已不像较早前那样反对她去选美。

“从心，我的口气如果太重，请你原谅。”

从心立刻答：“你教导过我，我高兴还来不及。”

“我自私，我不想你走。”

“我会回来看你，你永远是我恩友。”

“不敢当，从心，我们父子得感谢你。”

从心忽然伏在他膝上流下泪来。

就这样留下也好，服侍他写作，成名与否不要紧，回到小公寓，有人照应，胜过往东南亚独自拼搏。

张祖佑像是知道她想什么。

“去，去偿你的心愿，我会在这里等你。”

从心作不了声。

“记住江湖险恶，步步为营。”

大门被推开，子彤回来。

他们的话题从此打住。

第二天，李智泉找从心：“你被选上了。”

“选上做妃子？”

“你将在好莱坞大型制作《艺伎回忆录》中担任一个角色。”从心大笑。

“燕阳，出来庆祝。”

“做临记都那么快乐？”

“凡事都有个起头，你说是不是？”他真乐观。

从心做妥家务便出门。

李智泉陪她登记，穿戏服，拍造型照。

他见到宝丽莱照片：“同我签个名。”

从心笑着写：“给智泉，燕阳敬赠。”

当燕阳是艺名吧，比周从心三字别致多了。

李智泉珍藏好照片。

场务把通告交给从心。

从心还没有资格领取剧本，但握着通告，已经非常高兴。

她早出晚归，忙得晕头转向，可是总还抽空学习英语，还有，傍晚说什么都抽半小时陪子彤做功课。

现在李智泉替她找了私人补习，时间自由，专读社交会话，特别注意语气。

“在英语国家居住发展，英语必须流利。”

“是，老师。”

“某因不肯痛下苦功，失去不少片约。”

“谁？”从心忍不住好奇。

老师微笑：“留意一下你会知道。”

“啊。”

“但是也有人一年半载之内已讲得似模似样。”

“这我知道是哪一位。”

“从心，练好功夫等走运。”

“是，老师。”

这段日子，张祖佑觉得她一进一出都会带起一阵朝气，周从心比起当日又惊又累来敲陌生人门的她，已经大大不同。

依然故我的是对他们父子的至诚关怀。

那一日，李智泉借车给从心学习驾车。

他小心翼翼地问：“你与家人同住？”

从心知道须向经理人做某一程度坦白，否则，人家会心淡。

“不，不是亲人。”

“好像是一个盲人与一个小孩，可是？”

“你听谁说的？”

“你的邻居议论纷纷，他，是你什么人？”

“我们是室友，守望相助。”

“多么奇怪的关系，闲人会说你们同居。”

从心微笑：“也没说错。”

“你天生有外国人脾气。”

从心说：“当日我无家可归，他收留我，我帮他打理家务。”

“他真幸运。”

“我们之间，纯是友谊。”

“他没有冒犯你？”

从心看着他：“换了是你，你可会乘人之危？”

李智泉也看着她：“我不知道是否能控制自己。”

从心更加敬重张祖佑。

“他是个君子，一时沦落，日后必能翻身。”

“从心，你可要搬出来住？”

“我也考虑过这个问题。”从心迟疑。

“我帮你找地方，免人家多话。”

“你这样为我，我十分感激。”

“记住，我是你北美洲经理人，你是我摇钱树。”

连李智泉本人都相信纯粹是这样的缘故。

片场里，并非人人平等。

女主角是美国土生儿，不会中文，完全像当地少女，活泼可爱，平易近人。

演她中年时的女角据说是来自香港的大明星，冷着一张脸，不笑，也不说话，一支烟接一支烟，不吃饭，光喝咖啡，不理人，眼睛长在额角。

从心饰演的婢女只需斟一杯茶给她，放下，转身走开，就已经完工。可是，因为导演对主角有要求，这杯茶斟了七次。

李智泉问：“累吗？”

从心摇摇头：“每一次她都演得很细致，可是，每次都有微妙分别，她做得极有层次。”

“人家是影后。”

从心点点头。

“你观察入微，全神贯注，一定进步迅速。”

从心笑答：“将勤补拙嘛。”

“只有聪明人才会承认自己笨。”

“嘎，我没听懂。”

“世上笨人多，忙不迭争第一，三脚猫半桶水，老以为自己已经十全十美。”

从心不出声。

“我替你找到酒店式一房公寓，交通方便，地段高尚，你会喜欢。”

啊，这是跳出去的好机会。

“该搬出来了。”

那日，回到小公寓，发觉张祖佑有客人。

从心天生好记性，一下便认出来，她称呼：“格连活先生你好。”

那出版社负责人笑了：“你是祖的漂亮表妹。”

从心点点头，华人一表三千里，有何不可。

“我正与祖谈论美国尊合坚斯大学植入电脑晶片挽救视力的个案。”

从心无比关怀：“可实施吗？”

“实验已经成功，但不是每个病人都适用。”

从心对祖佑说：“你去看看。”

“孩子气，不是说看就看的事。”

从心赌气，用英语说：“也不过是钱的问题罢了。”

连格连活都叹息：“谁说金钱买不到健康。”

子彤忽然出来说：“我有钱。”

大人都诧异了：“是吗，子彤，你有多少？”

“我有整整三十二元。”哗，巨款。

从心抬起头：“我有三千元。”也不简单。

张祖佑与格连活都笑了。

从心说：“我们写信去申请，旅费已在这里。”

格连活赞成：“为什么不？”

张答：“也许全世界已去了十万封信。”

“那也不欠我们这一封。”从心说，“我去查他们的电邮号码。”

张祖佑愕住，这女孩一日千里，现在已经会用电邮。

这时格连活站起来：“我告辞了。”

从心说：“我送客。”

格连活在电梯口说：“我认得你，你是华裔小姐。”

从心笑着承认。

“你是祖小说中的女主角吧。”

从心不动声色：“小说是佳作？”

“我们认为十分动人，书名也好听。”

从心脱口问：“叫什么？”

“《艳阳天》。咦，你不知道？”

“我怕他改书名。”

“艳阳，那是你吧。”

“是，那是我。”

格连活走了。

从心缓缓回到室内。

张祖佑咳嗽一声。

从心问：“你有话要说？”已经相当了解他。

“你好像也有事告诉我。”

“你先说。”

张宣布：“我打算搬家。”

从心意外。

“地方不够用，现在略有能力，想搬两房公寓，大家住得舒服点。”

从心很替他欢喜：“可是，我不日要去香港。”

“房间留给你，欢迎随时回来。”

“子彤呢，可要转学校？”

“他会适应。”

“我怕他不舍得旧同学。”

他想起来：“你呢，你有什么话要说？”

从心说不出口：“没事。”

终于要搬出永华这白鸽笼了。都说外国居住环境好，可是小公寓怎会比村屋宽敞。从头到尾，从心简单的衣物仍然放在行李箱里，穿的时候拿出来，洗干净又放回去，其他杂物用一只鞋盒装。

这时，电视机播着新闻，令张祖佑侧耳细听。

“……自香港驶出的日本货柜船亚洲之光上发现人蛇，该船昨晚抵达西雅图，警方接到线报，前往搜查，在密封货柜中发现十五名偷渡男子，其中四名尚未成年。”

从心听了浑身不自在。

只见荧幕上记者示范：“真不能想象，当货柜门锁上之后，十多天航程，在黑暗中度过，空气、水、食物，均严重不足，在大浪中冒生命危险，为的是什么？传说，美国仍是金山……”

从心双手颤抖，她低下头。

没有人说话。

隔很久，张祖佑轻轻说：“燕阳乘烂货船来，她说，趁黑夜，蛇头令他们百多人游水上岸，她几乎冻僵。”

从心双手按着面孔，她怕脸颊也会发抖。

张喃喃说：“金山。”

这传说永远不灭。

“从心，你已经看清楚，你说，这里像金山吗？”

从心不出声。

“一百年前，西方冒险家拼死往南美洲寻找一座叫爱尔多拉多的金山，据说，在夕阳下，该座山一面峭壁，全是黄金，闪闪生光……”

从心静静听着。

“从来无人见过爱尔多拉多，燕阳不例外。”

“你劝我不要回香港？”

“不，我只是说出心中话。”张祖佑说。

从心握住他的手：“我会回来，继续做一些模特儿工作，出任临记，老了，回凤凰茶室做侍应，帮你打理家务，不过也许你已成为大作家，一本书销路八百万册，忘记开门给我。”

张祖佑点头：“听听这话说得多刁钻。”

从心一转头，看见子彤站在身后，他一脸惶恐，这么小，已经习惯流离无常。

“妈妈，你去哪里？”

从心紧紧抱住他：“去办点事，赚些钱。”

“爸说我们已经够钱用。”

从心笑了，她让子彤坐下，看着他双眼说：“子彤，我其实不是你的继母。”

谁知子彤平静地答：“我知道。”

从心意外：“几时发觉的？”

“你第一次替我煮饭洗衣温习功课，我就知道你不是她，她从来不做这些。”

从心微笑：“不过，她很阔绰，是不是？”

“是，她一回来就买许多糖果玩具。”

“你也喜欢她吧。”

“妈妈，我不想你走。”

“我会回来。”

子彤低下头：“你们都那样说，可是之后就再也见不到。”

张祖佑忽然出声：“子彤，抬头，挺胸，记住你是男子汉。”

子彤只得立正。

从心到厨房打点晚餐。一碗一筷，都有感情，她用心地把一块红烧牛肉切成薄片，在碟子上排成扇状，那样，子彤看了喜欢，会多吃一点。

张祖佑闲闲问：“那位李先生对你不错？”

从心抬起头：“他是我经理人，身份同格连活先生一样。”

“他会跟你回东南亚？”

“我也希望，只是他在这里有事业，走不开。”

“这次竞选，你有几成把握？”他一连问好几个问题。

“一成也无。”

“从心你真坦白。”

“人家多半是大学生，要不，出身很好。”

“选美注重的不是身世。”

“她们长得细致，比起来，我似粗坯。”

“我真想看清楚你的相貌。”

“趁今日有空，我写封信给医院，你替我校正文法，可好？”

张摇头：“相信我，不会有结果。”

“打定输数也好，我管我写。”

“牛脾气。”

从心取出纸笔，写出信来，因为都是实话，她悄悄落泪。

到补习社，找到尊合坚斯医院的电邮号码，把信输入，打出。

累了，伏在书桌上。

信中文法一定有误，句子编排绝对有问题，可能只得小学程度，希望用诚意搭够。

从心在信末这样写：“一个写作人不能阅读自身作品，是多么令人难过的遭遇，希望你们考虑这例个案，我会将他的病历寄给你们。”

会有回应吗，从心也觉得渺茫。

只是，她想为张君做一些事。

出发之前，李智泉殷殷叮嘱：“我的朋友会去飞机场接你，你暂时住她家，她叫王书娴，在广告公司任高职，这段时间答应照顾你。”

“一切听你的，我会少说话多吃饭。”

“饭也不能吃太多，当心发胖。”

“是，是，我明白。”

“我事先警告你，香港记者很厉害，你一句话不可说错。”

他像是巴不得跟着从心走。

从心笑：“你要不要一起来？”

他看着她，双眼露出爱慕向往的神情来，随即恢复了理智：“不，我是经理人，不是跟班。”

从心说：“我曾到香港一游。”

“你走马看花。”

从心笑：“的确是雾中看花，管中窥豹。”

“那是一个最奇特的社会，什么事都可以在一夜之间发生，人心不安但热情，如果讨得他们欢心，会把你捧到天上。”

从心嚅嚅问：“相反呢？”

“踩死你。”

“啊。”她双手掩着嘴。

“你要小心。”

从心沮丧：“你说得像地雷阵一样，我很惊恐。”

“好好，不说，来，我俩去喝一杯，替你饯行，祝你顺风顺水。”

他总是叫橘子水或矿泉水给她。

“我也喝白兰地。”

“不，千万不要开始，切勿破戒，记住，你从不喝酒。”

他对她是真心的好。

从心问：“你为什么不回香港发展？”

“那里人才车载斗量，没有我的位置。”

出发之前，他替她买了一箧廉价但时髦古怪的衣物，身段好皮肤光洁的年轻女子穿上，不知多漂亮。

周从心要出发了。

顶着燕阳的名字，从东走到西，又从西方返回东方，咦，放过洋，喝过洋水，身份提升，在崇洋的人眼中，她可是精光闪闪。

从心说：“智泉，我赚到钱，一定报答你。”

“一言既出，驷马难追，北美经理人非我莫属。”

他送她一只透明橘黄色的趣致手提电脑：“有空，电邮给我，或传选美写真照片过来。”

从心点点头。

“书娴替你找了老师，继续补习英文。”

临走前几天，从心没有异样，她到凤凰茶室话别，她高举茶杯，对老板娘说：“多谢照顾，我出路遇贵人，真正幸运。”

老板娘泪光闪闪。

从心戴着钻冠的照片挂在店堂中央，会做人的人就是这样，给了别人方便只字不提。

然后，从心帮张祖佑搬家。

新住宅在公园对面，虽然也聚集不少华裔，但大多数衣着光鲜，举止斯文，脸带微笑。

不要老是责怪某些族裔永远黑着面孔，自由社会，自由选择，要笑得出才能笑，否则，笑比哭还难看，也不必勉强。

在新居，父子各有寝室，还有小小书房，子彤却像所有孩童一样，对旧居恋恋不舍。

从心说：“你各处走几遍给我看看，记住，厨房还有角柜，别碰到，杯子在锌盘边，茶叶与咖啡在组合柜第二格。”

张祖佑不出声，只是微笑。

从心坐下来，轻轻说：“我明天出发。”

客厅有落地窗，轻风吹拂，十分舒服，生活有较好转机，真叫人高兴。

他们两人一齐说：“我有东西给你。”

他俩又不约而同把一只白信封交到对方手中：“给你，救急用，小小意思。”

然后，彼此大吃一惊：“这是什么？”

拆开对方信封，齐齐失声：“哎呀，你怎么给我钱，你自己够用吗？”

然后，他们一起大笑起来。

从心说：“你且收着，你有孩子，我不要紧，我一个人。”

“一个女孩子东征西讨，手上是方便点好。”

患难之交，真情流露，从心哽咽了。

“各人收起他的一份可好？”这也是办法。

张祖佑咳嗽一声：“这次，你表演什么？”

“大会有集体舞蹈节目。”

“泳衣很暴露吧。”

“我是职业模特儿，习惯了。”

半晌，张祖佑说：“我会努力写作，不论好歹，写了出来再说，我会一改那构思十年却不动笔的陋习。”

从心点头。

小彤把脸埋在她臂弯。

“噫，这么高了，是大孩子了，放学自动做功课，不懂的问爸爸。爸爸学识极好，什么都会。”

李智泉来送行。

短短日子，在外国人的地方，她竟碰到那么多好人。

李智泉轻轻说：“有著名化妆品公司看到你广告硬照，想预约你做模特儿。”

“我约四月回来。”

“一言为定。”

她轻俏地走进候机楼。

乌亮长发扎一条马尾巴，素脸，擦紫色口红，小小白棉布衬衫、牛仔裤、平底鞋，天生比例优美的身段，丰胸、细腰、长腿，四周围男士忍不住转过头来看她。

美色，是世上最摄人的本钱。

从心整个人看上去令人开心、舒服，故此，有人忍不住看了又看。

她捧着一本有关英文文法的书苦读。

飞机上，照样有年轻人搭讪，不过，这次她自己会填报关表格了。

从心感慨万千。

前后座有年轻人请她入局玩游戏，她微笑拒绝，闭目养神。

渐渐睡着，梦见自己在乡间用手洗衣服，在阳光下晾晒，半晌，信义婆叫她吃饭，婆孙二人其乐融融。

猛地醒来，飞机引擎隆隆，才知是一个梦。

立刻有人问她要不要喝水，殷勤的男生还真不少。

从心觉得凄惶，婆婆不是亲生，丈夫与儿子都是冒牌，她一无所有，孑然一人，连护照都不真正属于她。

# 艳阳天

## 叁·

我们活在一个真实的世界里，
早些看清楚，没有幻想。

下飞机，她拎着行李过关，关员只看一看护照便盖印让她过去。

她松口气。

一出闸便看到有人举着纸牌“燕阳”，她迎上去。

一名司机说：“王小姐叫我来接你。”

都会街道仍然挤迫，行人过马路都掩着嘴鼻避尘，从心双目浏览，对市容繁华依旧赞叹不已。

王小姐寓所在山上，是一幢旧楼，宽敞，装修别致，司机把门匙交给她：“王小姐有事，晚上才回来，你自己休息好了，她说，不用客气，当作自己家里，右边客房拨给你住。”

都是李智泉的面子吧。

从心推开窗，看到南中国海，回到家乡了？不见得，更需步步为营。

她用电话向大会报到。

负责人嘱她第二天一早到电视台见面。

那一整天，从心都没见到王书娴。

晚上也没有回来，整幢公寓，仿佛归从心一个人用。

第二天她乘公路车到电视台。

一进门，工作人员已经知道这正是他们追寻的人才。

大眼明亮慧黠，笑容纯真，呵，还有那身形，背后看呈一个 V 字，同其他女孩排在一起，如鹤立鸡群。

几乎立刻引起妒忌。

“已经二十三四岁了，是位老人家。”

“这么老大，还来选美，我们都只得十八九岁。”

“经验老到，大占便宜，诡计可比我们多。”

“她说话有乡音，她来自乡村。”

“最不择手段的是她们这种人。”

“昨日排舞时她推挤我，她妒忌我，我不与她计较。”

“一会儿去喝茶别叫她。”

记者们对燕阳却有好奇。

她比其他女孩沉默，不是看书，就是对牢手提电脑打电邮，是智能型，与众不同。

想采访几句，被保姆挡开。

有记者说："长得美真幸运。"

"群众喜欢一定的模式，她胜在健美但块头不大。"

"会红？"

"我们都配备着慧眼，哪个会红，哪个不，一看即知。"

"是哪一样的人才？"

有人调侃："一定是先演电视剧集，再拍广告，然后进电影界，跟着出唱片，接着，公子哥儿苦苦追求，最终名成利就。"

"世道仍然不算太好。"

"放心，她是例外。"忽然之间，这人眼珠子险些掉出来，"哗。"

原来众女生已换上泳衣彩排，大家眼光落在燕阳身上，几乎一阵眩晕。

那种只有在外国艳女杂志才能见到的三围叫他们惊叹，这个女子拿什么名次已不重要，她一定会成为全城焦点。

从心仍然没有见到王书娴，这样漂亮的住宅只得她一个人。

客人用的卫生间真别致，洗面盆边沿绘上攀藤玫瑰花，有英文字写着："公主睡了足足一百年"。

哪个公主？从心对外国童话不熟悉。

在另一边这样写："终于，一个吻唤醒了她。"

有这样的事，由一个吻破了魔咒？

客厅里，饭桌是一张乒乓球桌，可是六张椅子古色古香，不知是外国哪个朝代的古董，唉，搭配得太别致了，从心啧啧称奇。

王小姐本身一定是个不平凡的女子。

从心走到电话边，发现传真机上一盏小小红灯不住闪亮，她心血来潮，轻轻按下钮键。

一个动听的女声立刻传出来："是燕阳吗，欢迎你，我是王书娴，把这里当自己家好了，我需往新加坡开会，迟些才见面，好好照顾自己。"

原来如此。

听过屋主人留言，从心比较轻松，拾起送来的日报，吓一跳，厚厚一摞，五颜六色，字体巴掌般大，头版刊登车祸照片，血淋淋的伤者坐在路边等候救护车……从心看得呆了。

打开翻阅，有些内容令从心尴尬。

有人说，要了解一个城市，最好看它的报纸，这肯定是个充满刺激光怪陆离的都会。

忽然，她看到彩照中有一张熟悉的面孔。

看仔细一点，从心哎呀一声，丢下报纸。

这是周从心她自己！不不不，是燕阳才真。

泳装照片放得足有四分之一版大，红色大字套绿边，拳头大“头马”两字。

呵，从心嗟叹，变成马了，幸好不是狗。

从心忽然觉得害怕，照片登得那样大，会被人认出是冒牌货吗？她无疑是太大胆，太扰攘了。

电话铃响起来，是电视台保姆嘱她准时出席记者招待会，公司车会在某一地点等她们。

从心到了目的地，数十名记者一拥而出，像暴动群众似争位置，场面惊人。

从心想，争拍什么人？她也好奇地探头察看。

不料刹那间所有记者的镜头都对准她，从心吓得立刻跳上旅游车。

记者仍不放过，对牢车窗按快门，从心眼睛被闪光灯摄得一阵花，睁不开来，只得别转头去。

结果，那天在车里，谁也不同她说话。

化妆更衣的时候，别的参选者向保姆投诉："燕阳的便装是大红色，最讨好，全场只有一套红色，为什么？"

"燕阳有专人梳头，我们得轮候，为什么？"

"燕阳喝矿泉水，我只得汽水，喝得肚胀，为什么？"

"她垫胸。"

"她鼻子整过形。"

"全身都是假的。"

从心十分难堪，只是忍耐。

招待会中，保姆叫她站在中央。

回到后台，立刻被人用手肘推撞，从心本能反抗，用力推回去，立刻有人痛哭失声。

"燕阳你妒忌我。"

"你就是看不得有人取代了你的位子。"

"你心中充满仇恨。"

从心代表燕阳嗤一声笑出来。

保姆一一看在眼内，出来调解，把所有女孩，连从心在内，好好教训一顿。

那天傍晚，自公寓出来，有人看见她立刻趋向前：“燕阳，我是《宇宙日报》记者，”他递上一张名片，“我们想访问你，拍摄一套照片。”

从心一怔。

“八号岑祖心已经偷步替杂志拍泳装照，你切莫落后。”

从心一声不响往前走。

那人跟住她不放。

“燕阳，听说朱冠生导演已与你接触，可有这样的事？”

从心不发一言，只是微笑，哪有这样的事？

“记者与名女人一向互相利用，燕阳，说话呀。”

从心不敢出声。

记者忍不住说：“你真笨。”

这时，从心忽然嫣然一笑：“是，我是笨。”

记者看见她雪白整齐的牙齿，不禁呆住。

从心已经走到对面马路去了。

他盯着她拍照，她买了水果与报纸杂志，她在小店吃云吞面，她站着看橱窗，她扶一个老太太过马路，她回家去……

这些都不算新闻，回到报馆，恐怕要挨骂。

记者灵机一动，有了主意。

从心回到住所，沐浴洗头，坐在客厅里读自己的新闻。

“燕阳受到群体杯葛”。

“燕阳被怀疑整容”。

“燕阳成为众矢之的”。

她叹口气放下报纸。

正想除下包着湿头发的大毛巾，忽然公寓大门被人推开。

从心大吃一惊，立刻“嚯”地站起来。

一个年轻男子推门进来，看见屋里有人，也怔住，他们不约而同大声喝问：“谁？”

那男子答：“我是书娴的男朋友温士元。”

从心说：“我是她客人燕阳。”

“我来替书娴喂鱼。”

他想起来了，眼前这穿着浴袍的女郎正是新闻人物。

啊，她真人比照片更好看——刚梳洗完毕，素脸，眉目如画，大眼炯炯有神。

半晌，她说："我去换衣服。"她进房去。

那温士元喂罢金鱼，不想离去，坐在乒乓桌前看报纸。

从心换上 T 恤长裤出来。

温士元觉得这可人儿怎样看都不像已经过了二十一岁。

她斟一杯咖啡给他。

"书娴在新加坡。"

她说："我知道。"

"她有否跟你提起过我？"

从心答："我还没见过王小姐，我由朋友介绍来。"

"啊，原来如此。"

照说，已经没他的事了，他可以走了。

但是，脚像粘住似的。

半晌，他说："你可想四处观光？"

从心笑了。

"让我介绍自己：温士元，家里开制衣厂，我本身在伦敦大学工商系毕业，现在厂里任职，我工作勤力，身家清白，无不良嗜好。"

从心看着他。

三言两语，便知道他同她生活在两个世界里。

从心想念张祖佑，啊！她想听他的声音。

温士元见她脸上忽然露出寂寥的神色来，更觉楚楚动人。

他放下一张名片。

“还喜欢这间公寓吗？”

从心点点头：“骤眼看，家具组合有点奇怪，但是却非常实用。”

这句话说到温士元的心坎里去，他笑说：“这里的室内装修，全由我负责。”

“你？”从心意外。

她对他不禁另眼相看，只见年轻的他身穿便服，剪平头，笑容可亲，虽不算英俊，却有他自己的气质。

从心称赞：“客房里的洗面盆十分可爱。”

“啊，《睡公主》[1]的故事。”

从心笑：“怪不得我那么好睡。”

---

[1] 《睡公主》：《睡美人》，《格林童话》中的一篇。

他推开主卧室的门："请进来参观。"

从心探头一看，只见全室雪白，没有一点颜色，落地窗对牢蔚蓝大海，家具简单，地毯上有一道彩虹，看仔细了，原来是放在茶几上的一块三棱镜折光引起。

浴室非常大，毛巾特别多，从心去看洗面盆，啊，这次，盆里绘着一个黄头发的可爱小男孩，穿军服，肩膀上各有一颗星。

从心抬起头。

温士元微笑："小王子。"

这些典故，她都不知道，她需好好学习。

温士元再也找不到借口留下，他说："我要走了。"

"温先生——"

"喊我名字得了，或者，叫我元宝，我祖母与同学一直那样叫我。"

从心腼腆地说："我可否打长途电话？"

"当然可以，"温士元诧异，"当自己家一样好了。"

走到门口，他又说："你几时有空，我陪你逛逛。"

从心点点头，关上门。

他是屋主的男朋友，从心怎可与他兜搭，她不是一个忘恩负义的人。

从心拨电话到张家，子彤来听，认得是她，立刻哽咽："妈妈——"

张祖佑的声音接上来："怎么样，还适应吗？"语气故作平常，其实十分盼望。

"一切都好，放心。"

"你有苦处，也不会讲出来。"

"真的没有，天天像玩游戏一般，唱唱歌，跳跳舞，要不就见记者及吃饭。"

"你讲话要小心。"

"明白。"

"多些与我们联络。"

是人家的电话，从心不想用太久，再叮嘱子彤几句，便说再见。

接着，她又找到李智泉。

他的口吻与张祖佑完全不同，不停哈哈笑："你看你多出风头，像一股旋风，我看遍了那边的报纸，张张有你彩照。"

从心苦笑。

“感觉如何？”

从心讲真心话：“外国人对我，比同胞对我要好得多。”

“咦，怎么有此感叹？”

“都看不起我，说我来历不明，说话带乡音，是个淘金女。”

“咄，谁不想掘一大块金砖，这些人，看不清自己尊容。”

“一味排挤，叫我难受。”

“我们活在一个真实的世界里，早些看清楚，没有幻想。”

从心叹口气：“不多说了，这是人家的电话。”

“我拨给你好了。”

“对，我还没见到王书娴，却见到她男友温士元。”

谁知李智泉大吃一惊：“元宝？你要小心这人，他色眯眯不是好人。”

“他有大门锁匙。”从心笑。

“这还得了，这——”

“放心，他很爱王书娴，不会越轨。”

李智泉一味在那头跳脚。

“我有事要出去。”

“你要当心那个人。”

从心傍晚出去，一名司机迎上来。

“燕小姐还记得我吗？”

从心点头：“你是王小姐派来接我的司机大叔。”

“我是阿忠，我来负责接送你。”

从心大喜过望，都会交通实在不便，况且，此刻她走在街上，已有好事之徒认出，指指点点，颇为难堪，如有私家车接送，大不相同。

这是走向虚荣的第二步，要与众不同，想锦衣美食，出入有车，住在有海景的公寓里。

第二天晚上就是正式演出了。

温士元打电话来：“成功。”

“谢谢你。”

“预约同你庆祝。”

从心没有回答。

第二天大早，打开报纸娱乐版，从心的感觉像是晴天里轰隆隆下了一个响雷，把她的灵魂震了出窍。

报上大字这样写：“燕阳有夫有子，隐瞒真相，欺骗大会。”

报上图文并茂，还有一张结婚证书影印本。

证书上字样清晰可见：“男方张祖佑，女方燕阳。”

从心还是第一次看见这张证书。

这是张祖佑提供的吗？

不，《宇宙日报》记者写：“本报特地前往多伦多查探真相，原来燕阳五年前结婚，两年前离婚，前夫育有一子，虽非亲生子，名义上亦是儿子……”

这时，电话铃已疯狂响起。

有人敲门，原来是司机阿忠。

“燕小姐，楼下围满了记者。”

从心脚底冰冷。

拆穿了。

不对，不对，他们仍然当她是燕阳，她仍可申辩。

该怎样说？

我不是燕阳，我是周从心，我没有结过婚，我没有丈夫，那不是我。但是，我持假护照，我是一名非法入境者，递解我出境吧。

从心双手颤抖。

阿忠见她脸色煞白，不禁激起同情心来，他轻轻说：“唏，结过婚有什么稀奇，这年头谁没有结过一两次婚，不用怕，大不了退出竞选。”这个都会，连司机都有胸襟。

一言惊醒梦中人。

从心找到酒瓶，不管是什么，斟出一杯，干尽，那琥珀色的酒倒是不呛喉。

这时有人按铃，阿忠去一看：“燕小姐，是温先生。”

温士元进来，扬了扬手：“三十多架照相机对牢我。”

从心默默落下泪来。

温士元看着她：“这是干什么，不值得为这种事哭泣。”

从来没有人这样温言安慰过周从心，一时百感交集，她忽然痛哭失声，掩着面孔，泪水自指缝流出。

温士元坐到从心身边，把宽厚的肩膀借出来给她靠着，伸出另一只手，把电话插头拔掉。

这时，才听见袋里手提电话也在响。

他连忙取出听。

“呵，阿智，是你，是，燕阳就在我身边，我怎么又来了？你问得真奇怪，我也是她的朋友！”他听半晌，把电话交给从心，“是李智泉，他想与你说几句。”

从心接过电话，哽咽地叫一声“智泉”。

他一开口便说：“记者竟这样神通广大，唉！他们跑到注册处翻档案。”

“我是冤枉的。”

“嘘，我也猜到，你们可是假结婚？”从心不出声。

“你不要否认，也不要承认，让记者心痒难搔，把新闻追下去。”

“什么？”

“燕小姐，恭喜你，你一夜成名。”

从心愣住，亮晶晶的泪珠挂在腮上，用手背抹去。

“试想想，一名记者月薪起码三万，楼下大约三十名记者在等你，燕小姐，那已是一百万了。”

从心听他说得那么市侩，不禁破涕为笑。

温士元在一旁呆呆看着，可人儿表情多种变化。

他下了决心，无论如何，他要保护她。

当下他吩咐司机：“叫我秘书邓小姐到这里来上班，把陈本欣律师也请来，我们有事要办。”

司机应声出去。

李智泉在那一头说下去："你就算得到冠军，三五七个月后有谁记得，这一下爆出大新闻，深入民间，真是千载难逢的机会。"

"今晚决赛——"

"唏，不去也罢，你已经成名了，所以，哭什么，笑还来不及呢。"

从心无论如何笑不出来。

李智泉说："我马上买飞机票赶过来做你的智囊。"

"这——"

"我还有话同元宝讲。"

从心把电话还给温士元，走进浴室，将脸浸到睡公主面盆里去，她慢慢镇静下来。

抹干面孔，回到客厅，她呆住。

只见屋里已经多了两位妙龄女子，其中一位正把传真机手提电脑电话等通信仪器架好插上电源，那张乒乓球桌立刻变成小型办公室。

她抬起头来，微笑着说："燕小姐，我是邓甜琛，你的秘书。"

从心说不出话来。

温士元叫她："燕阳，过来见一见陈本欣律师，有她在，你可以放心。"

从心还是第一次见到这种高效率办事方式，事发迄今不过一个小时，温士元已经为她摆出阵势，郑重应战。

而她的军师李智泉，已经赶来与她会合。

从心把温士元拉到一旁："为什么？"

他轻轻答："路见不平，拔刀相助。"

是吗，真的那么简单？

"陈律师正与电视台那名负责人通话，那种杂耍似游艺节目，不去也罢，我们自己举行记者招待会好了。"

从心说："把王小姐的香闺搞成这样，她一定会不高兴。"

谁知温士元反问："王小姐？"

"王书娴呀。"他好像已经忘记女朋友。

"呵，对，书娴，不不，她不是一个小气的人，你放心，她大方，明白事理，她不会计较。"

真是一个好女子，温士元应该多多珍惜她。

陈律师放下电话，转过头来："燕阳，你好。"

她年轻貌美，从心没想到有这样标致的律师，李智泉说得不错，都会人才济济，卧虎藏龙。

温士元笑："陈本欣原来是出庭辩护的大律师，因为相貌太漂亮，法官及犯人都不能专心，遭到投诉，所以她退下来帮我打理业务。"

从心还以为这是笑话，一看陈律师无奈表情，才知道是真事。

竟有这么奇怪。

只听得陈本欣说："连我也觉得意外，电视台说：欢迎燕阳参加今晚决赛，大会不会计较未证实的谣言。"

大家怔住。

看样子，但凡当事人不愿意承认的，通通是谣言。刹那间，温士元明白了，他冲口而出："收视率。"

陈律师笑："是，一切是收视率作怪，听说本来未满的广告额现在变为价高者得。"

从心觉得一股寒意，这就是商业社会了。

陈律师问从心："你去不去？"

从心心头有千般滋味。

陈律师轻轻说："这是千载难逢的好机会。"

温士元说："她不想出这种风头。"

"这不是逃避吗，为什么要让某一撮人拍手称快？"

"压力太大了。"

从心缓缓放下手，看着陈律师："我去。"

陈律师高兴地笑。

温士元意外，这女孩竟这样勇敢。

"好好去睡一觉，我们替你安排一切，燕阳，今晚你不会得到名次，但是，风头全属于你。"

从心长长吁出一口气。她回到房里，累极倒在床上。

真感激这班军师，没有他们，她会一个人躲在公寓里哭到天黑。

她扭开小电视看新闻。

记者这样报告："美加两国在过去两个月截获六艘偷运人蛇到当地的货柜轮，海关决定今晚检查所有出境的货柜箱，以防人蛇匿藏……"

从心低下头，过一刻，关上电视。她把身子蜷缩成胎儿一般，裹在被褥里，渐渐睡着。

从心没听到温士元说什么。

他在问陈律师："查到什么？"

"对方是一个领取失业救济金的盲人，叫张祖佑，今年三十八岁。"

温士元不出声。

陈律师说下去："燕阳同他是假结婚，你放心。"

温士元微笑："我有什么不放心？"

陈律师看着他："司马昭之心，路人皆知。"

温士元说："那的确是获得护照的最快途径。"

"英雄莫论出身。"

温士元感喟："世上甚多传奇。"

"长得美，叫传奇；长得不美，叫坎坷。"

秘书邓甜琛说："有最新消息传真过来。"

温士元过去一看："咦。"

"什么事？"

"那张祖佑原来是一名写作人。"

陈律师也深深称奇："很好哇，自力更生，值得敬佩。"

"这是他照片。"

照片中的高瘦个子略为憔悴，却有股书卷气。

"呵，并非蛇虫鼠蚁。"温士元略觉放心。

他随即怔住，咦，要他放心或是焦虑干什么，他与她不过数面之缘。

陈律师说下去：“这件事有人证，有物证，看上去千真万确，燕阳一定不能否认。”温士元点点头。

“但是，也千万别承认假结婚，否则，惊动移民局可就烦了。”

他搔头：“处理这件事难度甚高。”

陈律师微笑：“可不是考智能。”

“今晚观众席一定嘘声震天。”

邓甜琛却笑：“不见得。”

温士元抬起头来。

陈律师也笑：“你会踩她台吗？”

“我当然不会。”

“那么，其他人大抵也不会，燕阳是那种罕见的拥有观众缘的人，不信，看今晚好了。”

司机阿忠买来新鲜热辣饭菜，大家都饿了，坐下吃饭。

温士元说：“阿忠，把袁妈叫来负责三餐。”

陈本欣笑：“你想把整个家搬过来？不如叫燕阳到你家住。”

一言提醒梦中人。

他斟出一杯啤酒，踌躇半晌。

陈本欣笑吟吟，像是看透他在想些什么：“不过，记住，请客容易送客难。”

这样揶揄他，他都不出声，看样子他对她，确有三分认真。

这时，从心闻到饭香，走出来，惺忪地问：“你们吃饭？”

“过来。”温士元连忙让位，“给你留了龙虾炒饭。”

从心漱过口便坐下吃饭，到底年轻，不顾一切，吃饱再说，逃命、说谎、选美，都需要力气。

温士元问阿忠：“楼下还有没有记者？”

阿忠答：“越聚越多，电视台本身也派来记者。”

温士元居然有点高兴：“我从来没见过这种场面。”

陈本欣答：“要叫记者蜂拥而出，说难不难，说易也真不易。”

从心好像没听到似的，只管吃饭，只当他们在说别人。

咦，根本燕阳就是另外一个人，她是周从心，大可置之度外，挨过今晚再说。

从心抬起头来，他们看到她恢复了七成神采，大眼睛不再凄惶。

好家伙，又站起来了。做人，是该有这样的勇气。

这时，邓甜琛去听电话，转过头来说：“电视台说现在就派专车来接。”

陈本欣说：“叫他们尽管把车子驶来，在前门停，但我们会自己乘车往电视台。”

邓讲了几句，放下电话：“该出发了。”

从心深深吸进一口气，她挺起胸膛，镇静地说：“我准备好了。”

温士元吩咐：“甜琛，你整晚跟住燕阳。”

陈律师问：“你呢？”

“我，”他略为腼腆，“我回家看电视。”

陈本欣说：“我回办公室，有事随时叫我。”

温士元点头：“阿忠，你负责接送，打起精神，有什么闪失，唯你是问。”

从心换上球鞋，预备出发。

她本来想与张祖佑联络，报告现况，可是实在抽不出时间，况且，又怎样交代这件事呢，从心词穷。

他们自后门出去，安全上了车，前门的记者仍在守候，有一两个人发现后追上来，已经来不及。

从心平安抵达电视台，可是那里也围满了记者，奇怪，还有没有记者去做国际新闻？

从心一下车，就听到问题从四面八方涌上来。

“燕阳，你是否抛夫弃子前来选美？”

“你的身世究竟是怎么一回事？”

“把真相说出来听！”

“你是否一个虚荣的女子，为着目的不择手段？”

“你住在什么人家里？我们查过你呈报的地址，业主姓温，他是你什么人？”

“这辆大车可属于你男朋友？”

从心一言不发。

他们在追问燕阳，又不是她，她怎样回答呢。

可是闪光灯照耀得整个电视台门口都亮起来。

邓甜琛保护她进去。

在化妆间见到其他参选的女孩，奇怪，她们鸦雀无声，平时尖酸刻薄、嘴舌不停的一干人，此刻真看到了大阵势，反而不知如何反应。

化妆师过来替从心装扮。

邓甜琛跟住温氏那么久，颇见过一些大场面，与负责人谈了几句，向工作人员说几句好话，又一直称赞保姆够关照，之后，她坐下来看小说。

如果当事人够冷静，好事之徒就一筹莫展，你们要看好戏？戏，什么戏？

一边打扮，从心一边看着镜子里的人，呵，一个被生母抛弃在一棵槐树下的孤婴，不知怎的，神推鬼拥，竟然活了下来，长大成人，到了今天。

还有什么看不开的事，想到这里，不禁豁然开朗，从心嫣然一笑，镜中的她，真的色若春晓。

更衣时她吸进一口气，拉上翠绿色织锦窄身旗袍拉链，有人忍不住称赞：“真是历届最漂亮的选美皇后。”

她镇静地踏上台板。

因为一点挂虑也没有，所以表现更加大方成熟，博得掌声如雷。

最后一关，司仪问一个严肃问题：“燕小姐，作为华侨，你对海外华人有什么盼望？”

事先准备好的台词比较圆滑、简单，从心照着演说一遍，但是忽然自己加上结尾：“我希望华裔团结，说普通话、广东话、福建话的全是华人，还有，乘飞机去的不要瞧不起搭火车的，坐车的别轻视走路的，切勿互相排挤，须彼此爱护。”

台下忽然静了几刻钟，司仪捏着一把汗。接着，有人高声叫好，有人喝彩，有人站起来拍手。

温士元在家里边喝啤酒边看电视，到这个时候，才喃喃说：“了不起，燕阳，真勇敢。”

宣布赛果时从心并没有专心听叫名，她在想，明日后，她该回乡去探访信义婆了。

“第二名是燕阳。”

她没有站出来。

“燕阳！”

身边有人推她，呵，第二名，她居然得到亚军，假水钻皇冠戴到她头上，从心泪盈于睫。冠军是名英国文学硕士生，平日对从心还算和气。

从心到后台借了邓甜琛的手提电话打到张家。

“我得了第二名。”她哽咽地报告。

“闹出了一点新闻，还有第二，算是不错了。”他什么都知道。

“真不好意思，干扰你平静的生活。”

“那算什么，你别放在心上。”

“子彤好吗，我真想念他。”

“我们等你。”

“明日我会去探婆婆。”

“那是应该的，速去速回。”

邓甜琛叫她，她挂上电话。

“燕阳，这位是祈又荣导演。”

从心点点头，披上外套，预备离去。

祈导演笑：“外边记者布下了阵，你怎么走得了？”

从心不由得对这位女导演有点好感。

“可否约你谈谈拍电影的事？”

这么快，台前得了奖，台后就有人谈合约，她已经找到了青云路？

邓甜琛说：“又荣，放心，我会帮你约时间。”

导演笑：“谢谢你，老同学。”

原来是同窗，从心很羡慕，她就没有旧同学。

导演说：“开我的车走吧。”

邓甜琛把一顶渔夫帽交给从心。

从心被工作人员带到天台，再走到另一边停车场。

她松一口气，抬头一看，原来是星光灿烂，空气意外地冷冽清新。

从心有点凄惶。可是来不及伤春悲秋，邓甜琛已催她上车，一溜烟似的把车开走。

功德圆满了，从心闭上眼睛。

只听得邓甜琛轻轻问：“可要召开记者招待会，一次过回答或声明不会回答任何问题。”

从心微笑：“政府有无规定私人事件必须交代清楚？”

“当然没有。”

“那就恕不多讲了。”

“好。”邓甜琛喝彩。

“你也赞成？”

“这年头愿意不说话的人越来越少。”

从心喃喃说：“不说话的女人。”忍不住神经质地笑出声来。

“像不像一个戏名？”

“为何那么多人说个不停？”

“宣传呀，世上没有好宣传或是坏宣传，宣传就是宣传，都希望红起来，或是红一日两日、一月两月也好。”

从心叹息一声。

邓甜琛说下去：“英雄不论出身，美国新晋民歌手珠儿不久之前还住在一辆福士车里，无家可归，成名之后，身家亿万，穿华服戴珠宝做时尚杂志封面。”

所以商业社会那样重视功利。

从心忽然说：“这条路不对了，我们不是回家去吗？”

邓甜琛答：“怎么回家呢，守满记者，到朋友家暂住一晚可好？”都事先安排好了。

“那位朋友是谁？”从心镇定地问。

邓有点尴尬：“温士元。”

可是从心只点点头。

车子往山上驶去，不久到一间小洋房前停住。

有人迎出来，正是温士元。

他替她开车门：“燕阳，要是你不愿意，我立刻送你到酒店。”

从心只是答："没问题。"反正处处为家。

他松口气，请从心进屋。

从心转头说："我真怕王小姐不高兴。"

又一次，温士元像是忘记世上有王书娴这个人："谁？"

"你的女朋友王小姐。"

"她，呵，我的朋友即是她的朋友，她会明白。"

从心看着他。

她不相信世上有那样大方的女子。

温士元双手插在口袋里，只是嘻嘻笑。

小洋房布置得十分雅致，墙上挂着多幅色彩缤纷的抽象油画做装饰。从心走过去细细欣赏。

温士元在一旁介绍："大建筑师勒卡甫亚尔[1]的作品，我自十年前开始收集他的油画，他大部分作品在东京。"

从心坐下来，温士元斟一杯汽酒给她。

从心说："你懂得真多。"

"要是你愿意的话，我可以与你分享。"

---

[1] 勒卡甫亚尔：勒柯布西耶，20世纪著名建筑大师，法国人。

从心不语。

“你喝的香槟叫克鲁格[1]，有时候，克鲁格不标明年份，因有声名保证，所有这个牌子产品都是香槟之王。”

从心却抬起头来困惑地问：“你背着女友招待别的异性，难道一点不觉羞愧？”

温士元不出声。

从心轻轻说：“哗，人心叵测。”

温士元想申辩：“我——”

从心笑笑放下酒杯：“我倦了。”

穿着极细高跟鞋子走了一晚，不知多累，她到客房沐浴。

在热水莲蓬下她静静思索，电光石火间，恍然大悟。

她立刻裹上大浴袍跑出浴室去找温士元。

他在书房听爵士音乐。

从心笑着说：“我明白了。”

他转过头来：“明白什么？”

---

[1] 克鲁格：克鲁格香槟，DomPerignon，建于1834年的Krug，原本是一个供职于 Jacquesson 香槟厂的调酒师 Johann-JosephKrug 为了适应英国顾客的需要所创立的小香槟酒厂。有“香槟王”的美誉。

他看到出水芙蓉似的她，不禁呆住，他记得第一次见到她时，她也是穿着大浴袍，此刻的她额角还点缀着亮晶晶的水珠，他从未试过这样强烈需要拥有一个异性，不是逢场作戏，他想与她长相厮守。

温士元觉得迷惘，他咳嗽一声：“明白什么？”

从心伸出袖子抹去额上水滴，笑着走近一步：“根本没有王书娴这个人是不是？”

温士元退后一步：“哎呀，你真聪明，被你猜到了，我们无意欺骗你。”

从心反而高兴，她不想一个好心女子有所误会。

“王书娴是家母的名字。”

从心既好气又好笑：“为什么要创造这个人？”

温士元答：“都是智泉的意思，他向我借公寓，可是怕你不肯住在男人家里，所以说是一位小姐香闺，本来无事，偏偏我好奇，我想知道是什么样的女子叫精乖聪明的李智泉这样尽心尽意，所以来查看。”

他搔着头皮，面孔涨红。

真是一对活宝。

“王书娴在电话的留言，那声音属于邓甜琛可是？”

“燕阳，你真耳尖。”

从心说：“没有这个人，我反而放心。”

温士元补一句：“我也是。”

从心调侃：“你也是什么？”

温士元答不上来。

从心转身回房去，肥大的睡袍下可以看到她身段美好的轮廓。

温士元瘫在安乐椅中，一夜不得好睡。

第二天一早，他起来进厨房找咖啡，看见她精神奕奕坐在玻璃桌前看报纸吃早餐。

“早。”从心说。

“你早。”他坐到她对面。

从心穿着温士元的白 T 恤牛仔裤，腰间用一条宽皮带，十分俏丽。

他喝一口黑咖啡：“我早上最丑一面都叫你看过了。”

“可不是，什么都来不及了。”

他没想到她还有幽默感，笑得几乎落泪。

“报上说什么？”

她给他看。

娱乐版全部都是燕阳彩照及燕阳语录。

“燕阳促华人扪心自问，团结为上。”

“美人胸怀大志，劝华人切莫互相歧视。”

“燕阳身世成谜，竟夜失踪。”

从心掩上报纸。

“你看，本市又多了一个名人。”

从心轻轻说：“我有一个请求，请神通广大的你帮忙。”

“咦，终于当我是朋友了，好，好。”

“我想去乡间探访婆婆。”

“啊，我马上替你安排，最快今日下午可以出发。”

从心没想到会那样方便，惊喜交集。

她也没想到温士元会亲自陪她去。

从心问：“智泉不是说回来？他到了没有？”

温士元笑：“那么大一个人，还会迷路不成，我们先做了重要的事再讲。”

从心认为他说得对。

稍后，邓甜琛提着一件小小行李上来交给从心。

“这边衣物日用品够三天用。”

“足够了，我去看看婆婆就回来。”

在路上，从心平静地把身世告诉温士元。

他恻然。

温士元不认得孤儿，他的朋友与同学，全部是同父母作对的好手，需索无穷，从不觉羞愧，成日板着面孔，要这个要那个。

他沉默了，原来世上不幸的人那么多。

司机阿忠送他们到从心祖居，所谓乡间，只在城市边陲，才大半个小时路程。

从心有点激动，紧紧握着拳头。

看到熟悉的小路，她下车小跑步般奔向祖屋。

温士元跟在她身后，幸亏平日也有运动，否则别想跟得上。

到了屋子前面，从心发觉天井一切都是旧样子啊，像是她上午离开，傍晚又回来了。

她扬声："婆婆，婆婆。"

门虚掩着。

她推开门。

一个年轻妇女正在屋内，抱着婴儿，听见声音抬起头来。

从心看到陌生面孔，呆住。

少妇笑问："找谁？"

从心有不吉之兆："我找信义婆。"

"啊，周婆婆已经去世，现在我们住在这里。"

从心呆住，眼前一黑，她看不清事物。

温士元一听，心中暗暗叫苦。

片刻，从心问："什么时候的事？"

"你是周婆婆什么人？"少妇说。

"孙女。"从心说。

"她约半年前病故。"

少妇站起来，走到一只橱前，拉开抽屉，取出一沓信："这些都是寄给周婆婆的信，你拿去吧。"

从心接过信，低头一看，信封上全是她自己的笔迹，周从心写的信，由周从心来收，多么怪异，信里夹着汇票、照片、盼望、亲情，原来全部没送到婆婆手上。

从心往后退一步，落下泪来。

少妇怪同情她："你可是去了海外工作？"

从心说不出话来。

"你不用内疚，周婆婆已经老迈，听说，一日她坐在天井的藤椅上晒太阳，久久不动，邻居来推她，她已经不在了，这是天大的福气。”

可是从心双手簌簌地抖，眼泪一直落下。

温士元取出手帕给她。

这些日子来，从心没有哭过，无论多大的挫折屈辱，身体何等劳累，她都死忍下来。

这一刻，实在忍不住了。

她奔出屋，一直跑上山坡，走到大槐树下，蹲在树根旁，抱头痛哭。

温士元不出一声，让她枕着肩膀。

他可以了解她的伤痛，当日把她自这棵树下救起的双手已经不在世上了。

那是她唯一的慰藉，唯一的亲情。

他们一直坐在树下，直至司机寻了过来。

阿忠挽着藤篮，斟出热可可，温士元捧着给从心喝。

从心呜咽：“谢谢。”

“回酒店休息吧。”

“让我再坐一会儿。”

温士元自阿忠手上接过毯子，盖在从心身上。

暮色渐渐合拢，天边北斗星升起，温士元拉从心起来："走吧。"

从心知道非走不可，依依不舍摸着槐树，过了一会儿，才随温士元回车上。

她捧着哭肿了的头，一言不发。

温士元说："哭过发泄一下也是好的，积在心中会生病。"

从心只是发呆。

"双手冰冷，一定是肚子饿了。"

一进酒店大堂，就看见一个人朝他们迎上来，冷笑着大声说："元宝，你想躲我？没那么容易。"

从心一看："智泉，你来了。"

他竟然找了来。

连温士元都觉得他有办法。

"你怎么知道我在这里？"

"若要人不知，除非己莫为。"

"智泉，燕阳的婆婆辞世，她心情欠佳，你且别吵。"

李智泉愣住："对不起，我不知道。"

从心握住他的手，疲倦地说："谢谢你赶来，智泉，我想休息。”

“听到没有？”温士元说。

从心转过头来：“先生们，请不要争吵。”

她静静上楼，一进房便把门关上，倒在床上。

双眼炙痛，她累极入睡。

梦境同真实一样，在槐树下，她看见有人向她走来，以为是婆婆，但那女子年轻许多。

“你是谁？”从心问。

那少妇四处焦急地寻找，不住饮泣。

“你找什么？”

她抬起头：“我找婴儿。”

“你找她？”从心回答，“她已经长大了。”

少妇苍白的脸异常秀丽，苦苦央求：“告诉我她在哪里。”

从心答：“我就是那弃婴。”

“不。”少妇号叫，“我昨天才把她放在树下。”

“来不及了。”从心也哭泣。

就在这个时候，有人大声叫她：“燕阳，燕阳。”

从心已经熟悉了这个名字，知道是在叫她。

她睁开眼睛，看到温士元。

“燕阳，有人找你。”

“谁？”从心撑着起床。

“祈又荣导演。”

都找了来。

奇怪，要找你的话，一定找得到，万水千山，天涯海角，也会趴在你身边求；一日失去利用价值了，这些人的面色突然转冷，你找他，他也叫秘书回说人不在。

“我得梳洗一下。”

“好，我们在楼下咖啡座等你。”

温士元出去，从心一看，发觉已经是中午。

竟这样好睡，真是铁石心肠，从心羞愧。

没有时间了，必须向前走。她匆匆梳洗，打开行李，取出衣物，发觉邓甜琛是她知己，衣服全是米白色及淡灰色，她选大棉衫及卡其裤换上，不便叫人久等，立刻下楼去。

酒店电梯里有人转头看她，从心低头，微微笑，视线不与人接触。

到了楼下，立刻走到咖啡室。

那胖胖的女导演正在等她。

“对不起，叫你久候。”

“没关系，我是不速之客。”

“元宝呢？”

“他碰到了朋友，过去谈一会儿，马上回来。”

李智泉在从心身后出现。

从心介绍：“导演，这是我经理人智泉。”

“他已经自我介绍过了。”

从心笑笑：“那么，有什么话，大家可以直说。”

祈又荣也笑：“想找你拍一部电影，任第一女主角，需演情欲戏，要脱衣服。”

李智泉大吃一惊，也只有女导演，才能这样大胆直接。

他轻轻问：“是个好戏吗？”

“我保证女主角会有表现。”

“你的意思是，是另一部得奖戏。”李智泉说。

祈导演并不谦虚：“这回希望也可以卖座。”

“有剧本吗？”

“剧本在撰写中，我带来了原著，你们先参考。”

“原来是由小说改编的电影。”

“是，英文原著令我落泪。已派人接洽购买版权，作者尚未成名，希望版权费不太昂贵。”

从心不认识祈又荣，但听她谈吐姿态，不卑不亢，斯文淡定，知道是个已成名人物。

李智泉对她十分尊重：“哪本原著吸引了导演的法眼？”

她自背囊取出一本硬皮书。

# 艳阳天

## 肆・

成日东征西讨，时间又比任何人想象中过得快，蹉跎下来。

从心伸手接过来，一看，呆住。

世上的事就是这么巧，从心知道有这本书，可是没想到这么快出版，她还是第一次看到，原先以为会由作者亲自交到她手上。

书名叫《心之旅》，作者祖张。

这是张祖佑，他的第一部著作终于面世。

从心展开一个笑容，泪盈于睫，人生就是这样，酸甜苦辣混成一体，婆婆辞世，她的情绪低到谷底，可是随即又看到一丝曙光。

她听见自己轻轻说："我愿意拍这个戏。"

李智泉听见，转过头来笑："真是个孩子，讲话没经验，还有许多细节要谈，这么猴急想做明星？"

“我先读了原著再说。”

“那么，由我与导演谈下去，你去休息吧。”

温士元过来：“燕阳，我陪你。”

从心说：“我想知道关于祈导演的事迹。”

“来，到互联网浏览一番。”

“她那么有名？”

“人家成名十多年，获奖无数，高风亮节，是个纯艺术工作者。”

“呵，我走运了。”

“是，燕阳，从此你否极泰来。”

“你对我真好。”从心由衷感激。

有人在身后冷笑：“他另有企图。”

温士元立刻转过头去：“对，只有你是纯洁的。”

从心苦苦恳求：“先生们，别吵闹。”

智泉继续去谈条件，元宝陪从心找资料。

“哗，导演战绩辉煌。”

“真是个值得敬佩的人物。”

“未婚？”

“成日东征西讨，时间又比任何人想象中过得快，蹉跎下来。”

“城市人都不喜早婚。”

“我倒是想结婚。”

从心看着他，嗤一声笑出来：“怪不得叫你元宝，确是一件活宝贝。”

他气结。

“我想看书。”

温士元退下去。

翻开第一页，从心就被吸引，她的程度不是那么高，幸亏张祖佑用字不深，句法简单，但忧郁措辞叫读者流下热泪。

傍晚，智泉找她：“从心，我们可以签合约了。”

从心抬起头来，眼睛红肿，像是哭了整天。

智泉轻轻问：“是为着外婆吧？”

从心把读了一半的小说搁在桌上。

“是这本书，真的这样感人？”

从心点头。

她签了合约，与温李两位回到都会，从此以后，没有退路，也只得往前走。

大批记者仍然跟在她身后，企图亲近这个不说话的女人。

从心找机会与李智泉摊牌。

“智泉，你远道来做我的经理人，又是第一个赏识我，我想报答你。”

“你的意思是——”

“头一年的收入，你抽佣金百分之二十五吧。”

李智泉黯然，付他金钱，了断恩怨，就没有其他指望了。

“如果不满意，你请说出来。”

“太慷慨了。”

“现在我们手上有几个广告？”口气日渐老练。

“五个。”

“那很好呀。”

“是，够你忙的了。”

算一算这一年的佣金，多过在北美华人社区电视台做一个广告部经理十倍，他还有什么好怨的呢。

李智泉惆怅地低下头。

“智泉，替我看剧本，我不会演戏，该怎么办？”

“我替你找样板戏来学习。”他又振作起来。

从心好笑：“学谁？”

“中西各大明星，我把好戏都找来给你观摩。”

“怎样学？”

“唏，熟读《唐诗三百首》，不会吟诗也会抄。”他极之乐观。

傍晚，从心与张祖佑通消息。

“大约下个月初可以回来一趟。”

张问：“逗留多久？”他知道她不会久留。

“会是三天吧。”

他讶异：“竟这样匆忙。”

“接了许多工作，赚钱要紧。”

“我也有好消息。”

从心明知故问：“什么事？可是子彤成绩大好？”

“我的新书出版，已经出售东南亚电影版权，这边有电视台也愿意改编成戏剧。”

从心笑：“你成为名作家了。”

“反映相当不错，你记得格连活吗，他说准备再版。”

“真想念子彤，下个月见他。”从心想面对面告诉他，她是他电影的女主角。

从心为了那三天假，需与李智泉争论。

“没有档期放假，你应知道这份工作不分日夜。”

“只三天而已。”

“我想想法子。”半晌，又说，“燕阳，我不赞成你再回到那对父子身边。”这才是真正理由。

“他是我最好的朋友，就同你一样。”

“燕阳，人家不那样想。”

从心有点固执：“我不管人家怎么想。”

不料智泉斥责她：“你不可以说这种话，你不是律师医生建筑师，你吃群众饭，你需尊重观众，他们怎样想，直接影响你生计。”

从心低下头。

讲得再正确没有了。

“势利的观众居然不计较你的过去，让你在名利场占一席位置，你应感恩图报，怎可放肆，若不收敛，下一步就该打骂记者了。”

从心懊恼地握着双手。

“记者随时跟你返多市，传真照片二十秒钟可以抵达这里，什么秘密都拆穿。”

智泉站起来：“话已说尽，忠言逆耳，你自己想清楚吧。”

从心也考虑过，但终于去买了来回飞机票。

她亲自向导演请假。

导演说：“三天后一定要回来。”

智泉知道了，冷笑连连，一言不发。

从心不去理他，她拎着简单行李上路。

那天，是她十九岁生日。

不但没有自己姓名，连生日年份也一并失去，护照上的她，已经二十多岁。

出境时没有问题，入境时她挑一个白人把关的人龙，不料轮到她之际，一名华裔向她招手。

她只得走到另一边去，心里忐忑。

那人看住她半晌，又观察她在护照上的照片。

从心不出声，有时，越是华裔，越是会挑同胞的错，以示公正严明。

今日，可能会有麻烦了！

“你是燕阳？”

她点点头。

不料那华人取出一张彩照："请你帮我签个名。"

他换上一脸笑容。

从心松出一口气。

她手袋里有现成的签名照，立刻取出奉上，在多谢声中过关。

到了街上冷风一吹，背脊发寒，从心这才知道她已出了一身冷汗。

上了计程车，往老家驶去，从心有种衣锦还乡的感觉。

这几个月的奇遇叫她难以置信，智泉替她漫天讨价，可是商业机构大部分愿意承价，支票交到从心手中，她不相信银码是真的。

周从心现在有点资产了。

自幼贫穷的从心这才发觉略有积蓄的感觉竟是那样好。

同样乘车进市中心，这次，倘若没有人接待她，她可不用害怕。

最坏的肯定已经过去。

她对那陌生但赏识她的名利圈不打算长久留恋，她一定会在不久的将来退出，一赚到足够往后生活就收山。

车子驶到张宅前，她付了车资下车。

从心按铃。

“找谁？”是张祖佑声音。

从心强自镇定，泪盈于睫，对牢对话器说：“周从心找大作家。”

“从心！”

“我上来了。”

他开着门等她，她一进大门，就看见他盼望的神色。

她过去拥抱他。

“我还以为你来不及回家。”

“太小觑我了，子彤呢？”

“放了学去打球。”

张握着她的手，说不出话来。

从心说：“让我看清楚你。”

他的气色比从前好多了，但是头发仍然凌乱，胡髭没刮净，衬衫与裤子颜色不配。

他轻轻问：“我是否褴褛？”

从心微笑答：“不要紧，成了名，就只是不修边幅。”

张祖佑笑出来。

只见小客厅一角堆满参考文件及书报。

“谁帮你整理资料？”

“出版社派人来读给我听。”

从心随口问：“是男生还是女生？”

“是文学系男生，还是我学弟呢。”

“幸亏不是妙龄少女。”

“从心你说到什么地方去。”

“只有你叫我从心，只有你知道我是周从心，听到自己真名多好。”

张祖佑说：“你永远是周从心，本质不变。”

“谢谢你，祖佑。”

“我答应送这个给你。”

他给她一本书，从心打开扉页，发觉有他亲笔签名。

“最佳礼物。”

他微笑：“你可是有一件事没告诉我？”

从心十分聪明：“咦，你已经知道了。”

“导演通知我的时候，我不相信双耳。”

“我是你的女主角了。”

“我们两人都幸运。”

这时，有人推门进来，人未到，一只篮球先砰的一声弹进来。

从心转过头来，笑着叫：“子彤。”

可不就是子彤，不但长高，又打横发展，是个小大块头了。

从心与他紧紧拥抱。

他没有再叫她妈妈，这孩子一向懂事。

“我们出去吃饭庆祝。”

“让我准备一下，对，从心，桌上有给你的信。”

信？谁会寄信给她？

从心又一惊，莫非是政府。

她找到信一看，啊，差点忘记，原来是美国尊合坚斯医院回信。

她急急拆开，回信十分简单，院方邀请张祖佑某年某月某日亲自往医院检查。

成功了。

从心兴奋至极，已有机会走出第一步。

她立刻把信读给张祖佑听。

出乎意料，他却踌躇。

“去试一试，为着子彤，也该走一趟。”

“子彤并无嫌我。”

“有什么损失？”从心挥着手，“我陪你去。”

“我怕太多的希望带来更大的失望。”

“你是那样懦弱的人？”

张祖佑低头：“你说得对，从心，我不应放弃这个机会。”

从心说：“先去吃饭，回来再联络医院。”

三口子在法国菜馆吃得异常丰富。

子彤说：“请留在这里陪着爸爸，别再走开。”

从心温和地答：“可是，我要工作赚钱。”

“爸爸也有收入。”

“我想，一个女子经济独立比较好。”

子彤不再出声。

那天晚上，从心写信给医院，先确定病人一定会前来诊症，然后说：“他的第一部书已经出版，颇获好评，附上一本，或许可以拨入院方图书馆。至于我，我是一个女演员，在机缘巧合之下，我将主演他小说改编的电影《心之旅》，感谢你们。”

张祖佑在她身后说："子彤睡了。"

从心转过头来。

"从心，我真想看见你的脸，到底这样聪明善良的女子长相如何。"

从心微笑："也许，我五官不是你喜欢的那种。"

他没有回答。

过一会儿他问："你几时走？"

"祖，夜色真好，我陪你出去散步。"

"子彤——"

"走开十来分钟不妨。"

她温柔地替他披上外套，手套进他臂弯里，在大厦附近散步。

"如果双眼看得见了，最想看什么？"

"子彤、你，然后是全世界。"

"祝你如愿以偿。"

稍后回到公寓，子彤仍然熟睡。

从心轻轻说："我只能逗留一天。"

第二天，她像从前一样，充任管家，做好早餐，送子彤上学，把公寓收拾得干干净净，并且去买菜添置杂物。

张祖佑不好意思：“从心你怎么还做这些。”

从心却说：“我都不知多高兴。”

“你已是明星了。”

“演员也有卸妆回家收工的时候。”

“这次来，有无带手提电话？”

“有，但一早关掉。”

“他们做梦也想不到你难得的假期会这样度过。”

他俩一起笑起来。

整个下午，从心帮张祖佑整理原稿。

有部分章节丢在鞋盒里，还有些尚未印出来，有些作废，有些要改。

张祖佑搔着头皮：“我是一个最邋遢的写作人。”

从心说：“有什么关系，最终作品好看畅销不就行了，谁管你怎样写出来，用手或用脚、口述或靠电脑。”

“这本新书叫《被骗被弃》。”

“啊，多么灰色。”从心吃惊。

“记得永华大厦吗？住客里多少血泪。”

“可是，至少我们走了出来。”

“我没有忘记他们。”

从心说：“我也没有。”

她紧紧握住他的手。

第二天黎明，周从心走了。

她拨电话给李智泉，李急问：“你在哪里？”

“二十分钟后，上飞机回来工作。”

“你还算有点良心。”

从心笑着挂上电话。

她又找到温士元。

他很有趣地问：“这三天里，你可有想念我？”

“有。”说没有也违背良心。

“多深？”

从心哈哈大笑起来，挂上电话。

她在飞机上睡得十分香甜。

她不知道的是头等舱有一对旅客悄悄注意她。

“是那个闹得满城风雨的燕阳吗？”

“年纪仿佛不对，没有这样年轻吧。”

“不，确是她，我认得她的嘴，上唇形状像丘比特的弓。”

从心动了一动，他俩噤声。

从心梦见婆婆，老人坐在藤椅子里，她过去蹲下。

“婆婆，你在这里。”

婆婆抬起头来，一脸笑容。

从心非常高兴：“婆婆，我来看你。”

婆婆忽然开口说话：“去，找你生母。”

从心摇头：“这么多年过去了，她或许已不在人世，那样不擅经营生命的人，很难在这艰苦的世界存活。”

婆婆握住从心的手：“你难道不想见她？”

从心醒了。

她呆呆地想着梦境，张祖佑新书叫《被骗被弃》，她的生母正是一个被骗被弃的角色吧。

还有燕阳，别忘记周从心。

被弃在大树脚底，被当作已经死去。

从心默不作声。

她身边的男旅客忽然开口：“燕小姐。”

从心转过头去。

那是一个斯文的中年男子，他说：“一个人旅行可真闷。”

这句开场白显然考虑了很久才说出来。

从心知道他的意思，他是一个生意人，家里有妻有儿，可是，好不容易，邂逅传奇般的艳女，不把握机会搭讪仿佛对不起祖宗，于是，他开了口。

果然，他掏出一张名片。

“燕小姐，我叫陆兆洲，可以把电话号码告诉我吗？”

从心好像听过这个名字，但她没把号码告诉他。

幸亏这个时候，飞机已经缓缓降落。

她听见陆兆洲轻轻说：“中年岁月最难挨，明知已接近暮年，辛苦了半生，略有积蓄，很想提早退休，可是，又没有一个知心的人相伴。”

从心微笑，这人很有趣。

“找人陪着游山玩水、喝杯酒、聊聊天，竟也难求。”

从心真想问：你的妻子呢？

大概，发妻不配出任红颜知己。

她一言不发，对方也只得死心。

下了飞机，李智泉一早在等她。

“快，导演叫你立刻报到。”

马上用专车把她载到现场。

“你气色很好。”

“我累极了。”

“过几年，青春逝去，优势渐失，就不能像今日这样搭罢长途飞机还艳若鲜花。”

“多谢恐吓。”

到了现场，导演迎上来。

“燕阳，今日需拍裸戏，你若没有心理准备，可以改期。”

从心立刻答：“我没有问题。”

“那么马上化妆。”

从心在工作人员目瞪口呆之下赤裸跃下泳池。

可是很快，因为她坦荡荡的姿态，其他人受到感染，渐渐放松，大家都若无其事。

最高兴是导演，指示从心伏在池边与男主角说话。

男演员是混血儿，已婚，妻子在一角监视，被导演请了出去。

水波荡漾，从心身形隐约可见，震荡感强烈。

她自己也知道，这场戏之后，很难除脱艳星一名。

过两日，剧照泄露出去，刊在秘闻周刊上，轰动半个都会。

导演大为生气："戏是戏，有连贯性，照片独立发表，全不是那回事，对不起，燕阳，我会追查。"

从心很明白事理，不声不响。

这分明是制片有心搞宣传，不让燕阳这个名字冷却，一定是他那边秋波暗送。

从心掉转头来劝导演："与其不汤不水，半咸不淡，不如豁出去赌一记，何用遮遮掩掩，你放心，我不会哭着招待记者诉苦。"

导演低头沉吟："真的，没有苦楚，哪有收获。"

说得再对没有，但是一日收了工，上车的时候，被停车场的修理工人调侃："燕小姐，今日穿这么多衣服？"

司机动气，去嘘那班工人。

从心只是低着头。

"别理他们。"司机说。

从心微笑："不怕，我又不必向家人交代，孑然一人，就有这个好处。"

难受吗，一点点，这是必定要付出的代价，正像在凤凰茶室做工时，站肿双腿一样。

这段日子，她不避嫌，一直住在温士元家中，不不，应该说，他大方磊落，不介意别人怎么说。

一日下午，从心难得有空，坐在露台看剧本，他来探访，一向最懂生活情趣的他送从心一套运动器材。

从心诧异："我胖了吗？"

"预防胜于治疗。"

从心仍然低头读对白。

他轻轻问："你还记得王书娴吗？"

"记得，你的女友，在新加坡开会，今日尚未回来，你也不去找她。"

"喂。"

从心抬起头来笑："怎么样？"

"家母六十生辰，请客吃饭，想见你，愿意赏脸吗？"

从心凝视他："伯母想见我？"

"是呀。"

"不会吧，"从心笑眯眯，"你的猪朋狗友想看看穿了衣服的燕阳是什么样子，可是这样？"

竟被这机灵女猜中一半，温士元涨红面孔："不不，家母的确想见你。"

他想带她出去炫耀，他照顾她那么久，这件事恐怕要义气地成全他。

“好，如果无须开工，我去。”

温士元大乐。

到了现场，才知道是个小型慈善晚会，由王书娴女士做东，帮儿童医院筹款。

从心穿一袭紫蓝皱丝绒低胸晚装，真是肤光如雪。

她不说话，可是笑脸迎人，灵活大眼睛招呼了每一个人。

温士元为她介绍母亲，从心毕恭毕敬，温太太很客气，殷殷问好，可是伯母身边有几个年轻女子，神色有欠教养，窃窃私语，假装看不见人。

温士元寸步不离从心。

温伯母这样说：“今日筹款，本会不支任何杂费开销，收入全部捐出，燕小姐可会助我一臂之力？”

“温太太只管吩咐。”

“你唱一首歌可好？我捐十万。”

从心笑了：“我自己捐五万。”

温伯母大乐，转过头去：“还有哪位善长仁翁？”

几乎所有男性都围上来："有，有。"

都想问：可有慈善卖吻？

温士元有点后悔，早知不该把艳丽的女伴带来示众。

从心很大方地站到台上去唱了《揭起你的盖头来》，获得如雷掌声。

义唱义演，算是报答了温士元。

伯母没怎样，十分客气，有几个女宾，一定要分尊卑，借故与从心闲聊，想她低头。

"燕小姐，你的职业其实是什么？"

温士元听了微笑，这班无聊的女人有难了。

果然，从心落落大方地答："我做艳星。"

"是否脱衣服的那种？"

"生活中难免穿衣脱衣。"从心答。

"对着大众脱衣，感觉如何？"

"需脱得有美感，否则，你们的丈夫及男友不会购票入场。"

温士元咧开嘴笑。

那班女子脸上的血液像是忽然之间被抽干，结巴着说不出话来。

从心站起来：“元宝，来，我们跳舞。”

温士元大声答：“遵命。”

他们到舞池里去。

有女眷同温伯母说：“你不怕？”眼神飘到舞池那边。

温伯母甚好涵养：“怕？人家一年收入数千万，哪肯这么快收山，元宝恐怕痴心妄想。”

那班太太只得知难而退。

从心对温士元说：“明日早班，我想回去休息。”

他陪她到母亲身边告辞。

温太太由衷地说：“今晚多谢你来。”

从心说：“下次再叫我。”

在车上，她闭上双眼。

温士元很高兴：“我早知母亲会喜欢你。”

皇恩浩荡。

从心微笑，她并不稀罕这位伯母喜欢她或否，她另有客路。

天天需争取人家喜欢，何等辛苦。

过两日，她托李智泉找房子。

智泉幸灾乐祸：“终于同温公子闹翻了。”

“是，”从心说，“我们活在不同世界里。”

李这时却帮起朋友来：“但是他绝不猥琐，也不会占女人便宜。”

“他确是个纯真的好人。”从心承认。

“但对你毫无了解。”

“是，他没去过凤凰茶室。”

“燕阳，你是个聪明人，自己有能力，什么办不到，不用靠人，来，看看这份建议书，请你去赌城演唱呢。”他又有佣金进账。

戏终于拍完了。

工作人员一起吃饭，个个喝得酩酊。

有人说：“导演脑子一流，燕阳身段一流。”

导演说：“只有没脑的人才会以为燕阳没脑。”

大家都笑起来。

结账的时候，领班满面笑容：“已经付过了。”

谁？今日还有谁这样海派？

“燕阳，是你吧？”

从心也讶异：“不，不是我。”

她走出屏风去看，有一个中年男子朝她点点头。

从心一怔。

她见过这个人，是他把这张不大不小的单子付清了吗？

这个人，她在飞机上见过，他叫陆兆洲。

她走过去："陆先生太客气了。"

他也微笑："燕小姐还记得我，我一直想请你吃饭。"

"我手足很多，随时三五十个人。"从心说。

"请得到是我荣幸。"陆兆洲答。

他并没有多讲，同几个伙计离去。

祈又荣出来看见："你认识陆兆洲？"

从心反问："他是谁？"

"富商，最近搞网上拍卖行，非常赚钱。"

"是好人吗？"

李智泉调侃她："燕阳你语气似孩子，什么叫好人，谁又算是坏人，人生路程既长又远，少不免得罪过一些人，又伤害过一些人，同时，自己也摔跤、受伤，又或是有些人觉得阁下成功，等于他的失败，因此怀恨在心，世上没有好人坏人，除非真的持枪抢劫，伤天害理。"

从心见他忽然说了一车子的话，不禁笑了。

她答："明白。"

"陆氏是生意人，能够发财，当然有点手段。"

从心轻轻说："一定做过损人利己的事吧。"

"损人利己，天经地义，千万别损人不利己就行。"

从心推他一下："讲完人生大道理，该替我安排新工作了。"

"工作自动涌上门来，只需挑精的好的来做，我这个经理人胜任有余。"

"趁假期，不如到赌场登台。"

"我得找人帮你练歌习舞，不能老是揭人盖头。"

从心笑得弯腰。

"《心之旅》上演，如果生意兴隆，我们要价就不同。"

从心说："你小心点，别给人一种敲竹杠的感觉。"

智泉一怔，哈哈大笑："好久没听过这种形容词，唏，坐地起价是理所当然的事，你放心。"

她到美国大西洋城唱了三个晚上，出卖可观及有限度色相，酬劳十分可观。

赌场人头涌动，三成是华裔，手段阔绰。

下午，从心没事，穿着白衬衫卡其裤在吃角子老虎机器[1]前踌躇。

一定要碰一下运气，可是，玩二十五仙那架，还是一千元摇一次？

老虎机全部电子化，只需轻轻按钮便可，只见一位太太一千元玩一次，面不改色，已经坐在那里良久，起码已十万八万上落。

噫，从心想，别太寒酸才好。

她走近一千元那架机器，坐好，试试手气，正预备有所行动，身后有个声音传来。

那人说："每部计算机控制的老虎机有三百多万次变化，你今日运气如何？"

从心转过头去一看，原来是陆兆洲。

她笑笑答："赌徒哪里理会机会率，事实是永远有人中奖。"

"燕小姐是赌徒吗？"

"不，"从心脸上有一丝寂寥，兼两分无奈，"我很谨

---

[1] 吃角子老虎机器：是一种机器，投入硬币（一般叫角子）后玩游戏，然后看玩游戏的结果能不能赢钱，如果能赢，硬币会退给你。但是通常赢不了，所以硬币吃进机器就出不来了，叫吃角子。

慎，但有时毫无选择，只得冒险上路，在别人眼中，也许就是不羁吧。”

陆兆洲十分意外，他没想到美人还有灵魂，通常有思想就比较麻烦，但，却额外吸引人。

“来，试一下。”他给她一沓筹码。

从心决定摇三下，中不中都收手。

她根本不知道什么样的组合赢什么样的奖，三个筹码丢进去，一时没有音信，她耸耸肩，却在这个时候，计算机计算妥当，铃声大作，落下无数彩金。

陆兆洲哈哈大笑。

从心也开心雀跃。

她赢了三万多美元。

呵，以前，一年也赚不到这个数目。

陆兆洲把彩金送她。

从心笑笑：“这是陆先生的彩头，归陆先生所有。”

陆兆洲还是第一次遇见拒收钱的美人，一时发愣，可是嫌数目小？

“这是一点零用。”

从心笑笑说：“我自己有收入。”

陆兆洲显得尴尬，从心却主动问他："陆先生也来轻松一下？"

他却说："我特地来听你唱歌。"

从心不知是真是假，她笑答："我哪里有歌艺。"

陆兆洲坦白地说："所有不会唱歌的女孩之中，你最好看。"

从心笑不可抑："陆先生，我请你喝杯咖啡，谢谢多多包涵。"

"台下的你同台上的你完全不同。"

台上的她穿肉色半透明绉纱衣，只在要紧的地方点缀亮片及羽毛，看上去简直有战栗感。

台上台下，她一般可爱。

这年轻的女子天生有种豁达的气质。

陆兆洲忽然问："听说温先生是你的男朋友？"

"我没有男友，"从心答，"他是我好朋友。"

"我认识温家。"

"你们大家是生意人。"

"我读报，说你结过婚，育有一子。"

不知怎的，从心不介意同他倾诉："我从来没有结过婚，我不走玉女路线，结过婚也无人计较，只是，真没有其事。”

陆兆洲看着她：“我相信你。”

“你呢，”从心大胆问，“你婚姻状况如何？”

“我是鳏夫。”

“对不起。”

“你中文有底子，知道什么叫鳏夫。”

从心微笑：“英文就差许多。”

“你几时走？”

“明早。”

“燕阳，我想邀请你去巴黎游玩。”

“我要回去参与电影首映宣传，有机会再说吧。”

陆君点点头。

从心没有与他握手，她一直觉得自己双手有点硬有点粗。

回到家，李智泉忠告她：“手头已有余钱，该置业了。”

“是。”从心回答。

“我替你选了间小公寓，你可以去看看。”

“不不，我想回北美看房子。”从心答。

“反正你两边走，应当有两个住所。”

“可以负担吗？”

李智泉意外：“燕阳，你不知你最近收入？”

从心无比感慨，原来金山不在西方，而在家乡。

李智泉接着说：“别以为赚钱容易，你运气好，淘到金矿。”

“知道。”

“我也因此得益。”他扬扬自得搓着双手。

从心全身心投入宣传。

她与导演四处接受访问，她总是穿得很少。

祈又荣有点过意不去：“燕阳，你真合作。”

从心苦笑说：“人家又不是来看我的学问，讨好观众，是应该的事。”

祈说：“幸亏你露得有品位。”

从心又笑：“露肉哪有品位可言，不难看已是上上大吉。”

一番混战，电影收入只算中上。

从心略为失望。

李智泉说：“已是胜利了，祈大导的戏，归本已是罕事，多人叫好，才最要紧，赚得最多名气的是你。”

从心点点头。

她把最新消息告诉张祖佑。

他说：“这边唐人街戏院也同步上演《心之旅》。”

从心一时口快：“你看了没有？”

张很幽默：“还没有。”

从心哎呀一声，不知怎样道歉，后悔得说不出话来，她竟会如此鲁莽。

张感慨：“从心，你忙得对我们生疏了。”

“绝不！”心里却知道是事实。

“我们以你为荣。”

子彤在同学家做功课，张的家务助理来了，写作时间已届，谈话只得终止。

从心怔怔地坐在露台里，与张家彼此距离日远了。

智泉出现，一脸笑容。

“燕阳，到南美洲丛林瀑布去拍摄洗头水广告可好？”

从心纳罕：“洗个头何必劳师动众？”

“竞争激烈，需奇峰突出，想拍出飞瀑欲潮的感觉。”

从心忽然用手掩脸：“智泉，我累了，问元宝肯不肯娶我，我想结婚。”

刹那间，公寓里静得一根针落在地上都听得见。

半晌，李智泉冷笑：“之后呢？”

“婚后养儿育女。”

“之后呢？”

“相夫教子，白头偕老。”

“所有女明星红得不耐烦了都会老寿星找砒霜吃发神经，一味觉得嫁人是好结局，可是往往三五年之后被骗被弃，一无所有又得出来行走江湖，身价自黄金贬为烂铁，这种例子年年有，可是你们仍然前仆后继。”

从心不出声。

“你想跟谁回家，我、元宝，抑或陆兆洲？燕阳，世上最可靠的人是你自己。”李智泉说。

从心呆呆地坐着小学生般听教训。

“你的机会，你的运气，万中无一，多少人梦寐以求，你要珍惜，切莫浪掷。”

从心抬起头来，赔笑：“对不起，智泉，我发牢骚而已。”

智泉顿脚：“你没有资格抱怨，这份工作把你自凤凰茶室永华大厦里拉出来，你应永远感恩，吃点苦算什么。”

从心响亮地回答：“是。”

李智泉松口气：“准备洗头吧，燕小姐。”

申请南美洲入境不容易，但是从心拥有大国护照，最方便不过。

不过，每次出入关口，她都浑身不自在，从来没有轻松过。

护照还有两年到期，届时，是否天大胆子拿着这件旧的去换新的，抑或放弃燕阳的护照，恢复原来身份？这个问题，叫从心辗转反侧。

工作人员见她有点呆，以为她累了，连忙买咖啡糖果给她。

摄影师是识途老马，在里约热内卢附近郊区找到了一座新娘头纱似的银色瀑布，瀑布下小湖正好让从心站着洗头。

从心穿着树叶缀成的泳衣，系一条沙龙裙，表情纯真中带点迷惘的饥渴，在瀑布下工作了三天。

李智泉第四天赶到酒店，看过毛片[1]，静一会儿，才说："广告一出，不论男女，都会立刻出去买一箱这种洗头水回来。"

摄影师笑了。

"燕阳呢？"

"有朋友找她，出去了。"

"这里是巴西，她有什么朋友，去何处？"

"是一位陆先生，他们扬帆出海，把其他工作人员也带了去。"

李智泉酸溜溜："看，有钱多好。"

美籍摄影师诧异地说："李，你到现在才发现这个真理？"

周从心在白色游艇上，皮肤晒成金棕色。

游艇属于陆氏生意朋友，叫白色鸽子，足百余英尺长，有雷达装置，可驶出公海，不过今日，他们只在港内逗留。

从心陪陆氏坐在甲板闲谈。

[1] 毛片：指没剪辑处理的电影胶片。

他取出一只小小首饰盒子递给她。

从心连忙摆手："不不，我不收钻石。"

"别怕，"陆兆洲说，"这并不值钱。"

上次，有一个名女人同他说：最喜欢粉红色大钻石，由此可知，周从心真是难得。

从心打开盒子，见是细细金链子下有一扇贝形吊坠，十分精致可爱。

"咦！"扇贝可以两边打开，里边镶着一幅小小图画，不是人像，而是一只美女的蓝眼睛。

从心十分喜欢，抬起头笑："为什么只画一只眼睛？"

陆兆洲答："这里头有一个故事。"

"愿闻其详。"

"这饰物叫作情人的眼，相传英皇乔治五世同一民女热恋，不能结合，那位女士想送他一件纪念品，又怕画像太过张扬，于是令画师画了一只眼睛，镶起，交给他。不过，这件事一下子传开，流行起来。"陆兆洲解说。

从心听完这件风流韵事，感慨地说："你懂得真多。"

"喜欢吗？"

从心点点头："我愿意收下。"

一起上船来的工作人员喝罢香槟开始跳舞。

“多谢你老远前来探班。”

陆答：“我是为我自己。”

从心看着他。

“人生到了某一阶段，已经没有人与事可以引起惊喜，可是每次看到你的脸，听到你的声音，我仍然觉得无限喜悦。”

“我是为着追求这种快乐而来。”

从心见他说得那样诚恳，不禁沉默。

“燕阳，跟我走，你不会吃亏。”

从心先不出声，半晌，她答：“那不是我的意愿。”

“我会更加尊重你。”

“我希望同异性在一起，至少也因为敬爱的缘故。”

陆兆洲忽然涨红面孔。

“太阳落山了，我们回去吧。”

白色鸽子在橘红的天空下冲破蔚蓝海水往回驶。

晚上，李智泉问：“陆氏想将你占为己有？”

从心点头。

“你拒绝了他？”

从心又点头。

“好家伙！”

“演技给他一个人看，不如献给大众，他给我的，我自己也赚得到，何必急在一时。”

李智泉问：“为什么其他女子没想到这点？”

“我不知道，人各有志。”

“收拾行李回去吧。”

“智泉，我要去探访一个人。”

“燕阳，你与那人仍然藕断丝连？”

“我要陪他去医眼。”

“那不是你的责任。”

“他是我的朋友。”

李智泉赌气：“如果我瞎了双眼呢？”

从心对答如流：“我一样照顾你，你几时盲？”

李智泉没好气：“你这人不听劝告！”

从心一个人去到张宅。

她来得正是时候，张氏父子正患感冒、发烧，躺在床上。

从心立刻着手煮白粥，焖茶叶蛋，又陪他俩看医生配药，顺手买回两条毛毯，半夜唤醒他俩服药喝水。

有专人照料，病情立刻好转。

张祖佑叹口气："你又救了我。"

"不理它，过些日子也会好。"

"你怎么又来了？"张祖佑问。

"是嫌我吧。"从心说，"我来押你去医病。"

"我自己会去。"

"我陪你，已经买好飞机票。"

"子彤让谁照顾？"

从心诧异："子彤当然一起去，你第一个看到的将是他，我已安排好酒店式公寓。"

张祖佑点头："士别三日，刮目相看，你现在有能力了。"

"你少揶揄我。"

从心替子彤告假，一行三人飞往医院，在机场，忽然看见邓甜琛。

"咦，这么巧。"

那聪敏女只是笑："我正好没事，你陪亲人看病？我帮你照料如何？"

从心觉得蹊跷："你此刻仍帮温士元打工？"

"不，"她很坦白，"我现在的老板是陆先生。"

从心沉吟。

她不想人家知悉太多，但是，又怕一个人不能成事，十分踌躇。

邓甜琛轻轻说："你放心，我会守口如瓶，除非不想混了，否则，出来做事的人，都知道守则，陆先生就是怕你忙不过来。"

"好吧，你一起来吧。"

她点点头："明白。"

有这么一个能干的助手在身边，一切方便，真是不用开口，一切办妥。

在候机楼，陆兆洲的电话来了。

他一开口便致歉："我冒昧自作主张了。"

"谢谢你。"

"祝万事顺利。"

他没有多讲。

到了目的地，一行四人先在公寓落脚，邓甜琛说："我租了你们邻室，有事尽管吩咐。"

她出去一会儿，买回报纸水果零食，还有电子玩具给子彤消磨时间，把车匙交给从心："我租了两部车。"

由她带路，他们到医院报到。

主诊医生迎出来："我是朱新国医生。"

从心讶异，没想到是年轻华裔，分外亲切。

朱医生随即问："谁是写信那位小姐？"

从心站出去。

"我猜到是你，"他笑，"信写得太好了，我们深深感动，我们也读过张先生的小说，觉得是优秀作品。"

他对病人说："张先生，你需留院做详细检查。"

他们填妥所有表格。

然后，朱医生开门见山地说："这是一项实验性手术，院方准备发布适量的宣传，开拓捐款来源，张先生，你不会反对吧。"

从心笑了，商业社会的律例真有趣，绝无免费午餐，非得拿一些什么来换，有得换给人家，倒也安心。

张祖佑沉声答："我同意。"

"请在这里签名。"

从心说："我在这里陪你。"

“燕小姐傍晚再来吧，病人做检查时不方便说话，许多地方亲友也不能进去。”

他们只得离开医院。

邓甜琛说：“我陪你逛街。”

从心摇摇头：“没有心情。”

“那么，到公园去放飞机。”

“什么？”

原来邓甜琛不知从什么地方找来一架遥控模型滑翔机，教子彤控制，一下子飞上天空去打圈子。

从心躺在草地上，放开怀抱，仰望蓝天白云，无比舒畅，他们在公园消磨了一个愉快的下午。

吃了晚餐，淋过浴，从心他们再去探访张祖佑。

朱医生说：“张先生是手术理想对象。”

“手术后是否可以恢复标准视力？”

“有一日我们希望能够达到目的，但今日只能挽回五成功能。”

从心点点头。

“明晨进手术室。”

从心握住张祖佑的手。

“我在医院陪你。”

“你回去吧，也许我想好好哭一场。”

从心笑：“我从未见过男人哭。”

她出去同邓甜琛说：“麻烦你先陪子彤回去。”

邓甜琛轻轻说：“原来，世上确有真爱这件事。”

从心莫名其妙：“真爱？”

邓甜琛点头叹息：“当事人甚至不知付出多少，也毫不计较。”

“不不，你弄错了，张祖佑只是我患难之交，彼此在最狼狈潦倒时相处过一段日子……”

邓甜琛说：“现在你已经这样红了，仍如此念旧，多少人追求你，趴你跟前，你却仍然回头看他。”

从心也忽然说了真话：“哪有你讲得那么好，那些人，包括陆兆洲在内，不过当我是洋娃娃，一日我憔悴了，就会失望远去，不过同戏院里的观众一样，我很明白。”

“你与张先生，可有计划将来？”

从心看着地上：“也许，当他视力恢复，看到了我，发觉我不过是个江湖女。”

“你这样看你自己？”

从心微笑：“他是一个读书人，谁知道他会否接受我在银幕上宽衣解带。”

“我知道陆先生毫不介意。”

从心笑不可抑：“陆兆洲目的是找玩伴，当然越精彩越开心。”

邓甜琛黯然：“我带子彤先走。”

从心回到病房，切水果给张祖佑。

“有点紧张吧。”

“食不下咽。”

“子彤同阿琛回去了。”

“你助手十分能干。”

“是，交际应酬跑天下，计算机会计法律什么都懂，又是管理科硕士，全身法宝，不过供人差遣。”从心感喟，“怪不得都希望嫁得好。”

“你要小心这个人。”

“我懂得，除了你，我不会对任何人说真话。”从心说。

“从心，你的护照要到期了。”祖佑说。

从心苦笑：“你有什么办法？”

“从心，我是假结婚专家。”

从心沉默。

这是一个办法，同他结婚，恢复本名。

“那，我岂不是与你结两次婚又离两次婚？”

连张祖佑都笑了。

他们熄了灯，一直聊到张睡着。

从心却为前途沉吟。

回去之后，努力工作，等张祖佑申请她过来，第一类移民，约等上一年便可成事。

没有其他办法了。

她托着头直到天亮。

看护先进来，一脸笑容，从心看到她那套淡蓝笔挺制服便心中欢喜，朱医生接着也来了。

张祖佑醒转，镇定地问：“时间到了？”

从心走过去握住他的手。

金发的看护轻轻说：“我知道你们的故事，现在我才相信世上确有坚贞的爱情。”

旁人一定要那样讲，两个当事人无法否认。

看护说：“张先生，你很快就可以看到她。”

没想到张祖佑忽然问："她可长得美？"

看护含笑答："我从未见过更漂亮的丽人。"

从心涨红面孔不语。

手术需时约三个小时，用指甲大小芯片植入眼球背后代替眼神经接受视网膜影像。

从心在候诊室等待消息，邓甜琛带着子彤来了。

她买了热咖啡及甜圈饼。

从心老实不客气吃起来，这是她在乡间学会的本领，越是紧张，越要吃，吃了好有力气应付一切。

子彤带了一本小说来读。

从心看一看封面，画着一个金发小男孩，肩膀上各有一颗星。

邓甜琛说："《小王子》。"

"是童话故事？"

"世上最好的童话。"

从心轻轻说："你们懂得真多。"

"是，"邓感喟，"但是我们不懂如何付出，只希望得到，成日喊给我给我给我。"

从心骇笑。

邓甜琛改变话题："西方医学已进入科幻世界，昨夜我看新闻，西奈山医院[1]的实验把计算机芯片与人脑细胞一起培植，发觉脑细胞与芯片发生交流，交换信息，最终，芯片可植入帮助脑部学习，可能一小时内已读完小中大学课程。"

从心看着她："你都知道。"

邓甜琛问："可以帮我找到理想对象吗？"

"你想结婚？"

"怎么不想！"

从心忽然说："我也想。"

"对象是张先生吗？"

这时，子彤放下书本，开始玩电子游戏机。

从心回答："我希望有家庭有孩子。"

子彤有事请教邓阿姨，稍后，回过头来，发觉美人仰着脸已经睡着，天真可爱地半张着嘴，像个孩子。

一定是一夜未寐。

---

[1] 西奈山医院：西奈山伊坎医学院是纽约市的一所私立医学院，是由西奈山医院建立起来的，位于美国纽约州纽约市曼哈顿行政区的一所医学院。

终于，医生出来了，一脸笑容。

“手术成功。”

从心欢喜得用手掩住脸。

子彤问：“爸爸现在看得见？”

朱医生答：“一会儿我们就可以试试他。”

子彤问：“医生，手术怎样做？”

“我们已把过程摄录下来，剪接配音后可送你一套。”

邓甜琛问：“很复杂吧？”

“只不过将眼球取出暂时放在一边而已。”

从心不敢说话。

张祖佑苏醒，他们进去探视。

出乎意料，他的眼部并没有绑上绷带，只微见瘀痕。

他睁开眼睛。

呵，从心立刻发觉不一样，他的视线有了焦点，他向从心的脸部凝视。

从心马上把子彤拥在身前。

张祖佑笑起来，不住点头。

朱医生举起两根手指问：“几根？”

张祖佑一时激动得说不出话来，举手模仿。

子彤伏到他的胸前。

“好了，让病人休息。”

朱医生出来同从心说：“大西洋广播公司[1]想访问张先生。”

从心答：“我相信他会同意。”

“该电视节目叫《时间线》，收视率接近三千万，对医院来说，是个宣传好机会。”

从心看着朱医生，他想说什么？

“院方把张先生的故事告诉主持人，一切自一封信开始……”

从心明白了。

“电视台希望你也可以出镜，我们从一个爱情故事角度出发。”

从心发呆。

“燕小姐，你可否帮一次忙？”

从心回过神来：“你们的大恩大德，我永志不忘。”她的声音忽然嘶哑。

---

[1] 大西洋广播公司：Atlantic Media。

可是，拿人家护照顶包的她，怎么敢明目张胆上电视亮相。

她嚅嚅地说："我本身是演员——"

"燕小姐，我看过你主演的影片。"

"合同严格订明，我不能随意出镜。"她终于找到借口。

"呵。"朱医生失望，"如果你可以出来讲几句话，对张先生著作销路也会有帮助。"

"啊！"

"这样吧，光是拍背影可以吗？声音经过处理，人家认不出你。"

医生非常客气，但是，也十分坚决要说服她，从心想不出用什么方法推辞，最重要的是，她希望帮张祖佑。

她缓缓点头。

邓甜琛在一旁看见，暗暗佩服。

从心说："拍摄时间，我一定赶到。"

"燕小姐，我们稍后再通知你。"

过两天，从心告辞。

看到张祖佑恢复视力及神气，她宽慰莫名。

张这样说："从心，你比我想象中更加好看。"

“同燕阳是否十足印子？”从心问。

“不，一点不像，你问子彤，他也会这么说。”祖佑答。

“可是当日，你俩都认错了人。”

“幸亏认错人，把你留下来。”

从心回到工作岗位。

李智泉知道她将亮相美国电视台，暴跳如雷。

他说：“我痛恨这件事，作为经理人，我不能原谅你。”

从心劝他：“我又不是未经你同意怀孕生子。”

“你敢。”

“我希望《心之旅》一书畅销。”

“你前世欠这个人债，今生打算偿还？”

“说不定啊。”从心微微笑。

李智泉气结。

“若不是他让我进永华大厦暂住，今日的我，可能是一只流莺。”

“才怪，你还不是会到工厂或是快餐店打工。”

从心低下头。

当天晚上，她请陆兆洲在家吃饭，她特地把他送的饰物戴在身上，叫他欢喜。

他怜惜地说："你胃口越来越小。"

渐渐变成一个城市人了。

"朋友的眼睛治愈，值得庆贺。"

从心说："你什么都知道。"

陆有点尴尬："我是一片好意。"

"我明白，阿琛很能干，是最佳左右手。"

"现在她是我公司的总务了。"

"你不妨替阿琛做个媒。"从心微笑。

谁知陆兆洲摊摊手："我手头上没有好青年，只是许多不务正业的二世祖，或是一班嗜功利往上爬的小伙计，都不懂得尊重女性。"

从心骇笑。

"而且都好高骛远，喜欢美女。"

"阿琛也漂亮。"

"要非常美，美得让人心惊那种。"

"世上哪有这种人。"她说给他听，"不过是粉上得厚一点，灯光打得有技巧些，衣服暴露些，即使如此，也得不到尊重。"

“不，我尊重你。”

从心看着他：“是吗，当着我面，差人把我私事调查得一清二楚，未征求我同意，叫人来干预，很霸道呢。”

陆兆洲忽然脸红。

“对子女，也最好别过分专制，家长制度，不一定行得通。”

“燕阳，我……”

“陆先生，你还知道多少？”

从心笑吟吟，但是陆兆洲忽然觉得热，他松了领带。

“陆先生，你神通广大，我有事请教你。”

陆兆洲看着这个聪敏女，渐渐被动。

从心取出一本护照，放在他面前。

陆兆洲打开一看。

“咦，这是你的护照。”

从心不出声。

陆兆洲知道有蹊跷，他仔细翻查，护照印制精致，确是真版，他注视小照。

相中人巧笑倩兮，有双会说话的眼睛，下巴尖尖，化妆时髦，陆兆洲端详良久，又抬头看了看从心。

呵，电光石火之间，他明白了。

这女孩竟把这样大的秘密向他透露，由此可知是真的信任他，他不由得高兴起来。

陆轻轻说："这不是你。"

从心点点头。

"可是像到极点，骤眼看无论如何分不出来。"

从心不语。

"这人可是你的亲戚？"

"不是。"

"可是一本遗失护照？"

"也不是。"

"你出钱买来？"

"不，燕阳已不在人世。"

"啊，我明白了，你这种身份，俗称影子，冒名顶替，见不得光。"

从心答："你说得对。"

陆兆洲轻轻说："你很大胆，做影子的人很少这样招摇。"

从心说："你看我，背脊都已被汗湿透。"

她转过身子，果然，薄薄衬衫贴在背上。

“你真名叫什么？”

从心又另外把一张文件交给他。

陆摊开一看，发觉是一张户籍表，上面也贴着小照片，但是相中人眼神温婉，这才是面前的人。

“你叫周从心。”

从心吁出一口气。

“你做影子一事，瞒得过今日，也瞒不过明日，并非长远之计，燕阳两字，只可当作艺名。”

“我明白。”

“把这个秘密告诉我，是有深意的吧？”

从心坦白：“那当然，我有事求你。”

“你经理人可知道这事？”

从心摇头。

“温家少爷呢？”

周从心又摇头。

陆兆洲觉得满意。

“你想我怎么做？”

从心答：“我要一份属于周从心的真护照。”

陆兆洲说：“这件事说易不易，说难也不难。”

从心等着他讲下去。

“某西方大国，有参议员身份的人，每年可保荐一人入籍。”从心聆听。

“一年才得一次机会，当然要用相当高的代价去换取，但也不是做不到，最简单最直接的方法莫过于捐款支持他的政党。”

从心暗暗佩服。

“我会派人去联络他们，你等消息好了，在这段真空时期，最好低调一点。”

“知道。”

这时，陆兆洲才发觉已经坐了很久，腰背都有点酸软，他轻轻站起来。

陆兆洲说：“我还有点事。”

从心送他出门。

他忽然问：“你不嫌这公寓狭小？”

“将来赚多了再换大的。”

陆伸手轻轻抚她的脸：“你真可爱。”

一关门，从心就软倒了，背靠墙，身子顺势缓缓滑下，她用手抹去额上的油，索性蹲在地上。

真是险，幸亏没有看错他，他愿意帮她，他确实有能力，他的交际网去到世界政要。

半晌，从心才扶着墙慢慢站起来。

欠他这个人情，当然要还。

从心就是不想假结婚。

电话铃响了。

是温士元的声音："你终于疏远我了。"

"好兄弟，你在说什么？"

"五十个甩掉男人方法：第一，叫他好兄弟。"

"元宝，你知我怎样待你。"

"家父派我驻澳洲[1]悉尼。"他有点沮丧。

"好地方呀，阳光海滩，美女如云。"

"你会来探我？"

"我一定争取澳洲外景。"

"一点点，只差一点点，我就追到你，只不过我太过光明磊落，我没有乘人之危。"

---

[1] 澳洲：澳大利亚联邦，The Commonwealth of Australia，简称澳大利亚。

“我很幸运，碰到许多好人，我十分感激。”

“你热爱自由。”

“从小在乡下跑惯了。”从心微笑着挂上电话。

第二天，智泉带着剧本上来。

他说：“好莱坞乙级制作，一个大配角。”

“演什么？”

“妓女。”

从心嗤一声笑出来，也都只得这种角色，男人演杀手，女人演妓女。

智泉无奈摊摊手：“好角色要静心等候。”

“有裸露镜头吧。”

“燕阳，他们不露不欢。”

从心也是老手了，忽然问：“对手是什么人？”

“一个黑人演员。”

从心手里拿着剧本，终于啪一声放下。

“故事还不错，好歹是个开始。”

从心不出声，她心中充满无奈。

“看过本子再说。”智泉好言央求。

从心终于点点头。

一个女子跑天下，自东到西，回来，现在再次西征。

智泉说：“燕阳，你记得李美赐这个人？”

“选美会里罕见的好人，她怎么了？”

智泉说：“最近她回流返来。”

原来，穿梭两岸的不止她一个人。

“为什么回来？找一天我们吃顿饭。”

“当然是打算大展宏图，她开了一间公关公司，我想你帮忙。”

“没问题。”从心愿意助她一臂之力。

“燕阳，我最欣赏你这一点。”

过两日，她为一间珠宝店剪彩，只见智泉忙进忙出，满头大汗，好似半个主人，反而李美赐气定神闲。

从心观察入微，看他俩眉梢眼角，这一对老朋友的感情仿佛有了突破，从心由衷替他们高兴。

当日在凤凰茶室，是他们两人把她发掘出来。

下午，打开剧本，从头看到尾，智泉说得对，故事还不错，接下这个戏，又可以填上六个月空当，大家有进账，无论如何，开了洋荤，算是个国际明星。

傍晚，智泉带着女友上来。

从心热烈欢迎。

李美赐十分识趣，一句不提从前的事，只当刚刚认识燕阳，跑惯江湖，果然聪明。

从前，从前有什么好提，从前大家读小学，还在操场打架呢，不如看牢现在，以及将来。

他们吃了一顿丰富晚餐，谈笑甚欢。

从心给智泉最佳礼物是“我愿意接拍这个戏”。

智泉松一口气，妓女角色得来也不易。

席间从心走开一会儿，李美赐轻轻说：“脱胎换骨。”

智泉点头。

“幸亏本质没变，仍然诚恳热情。”

“十分难得，所以会有今日。”

“你信因果报应？”

“是。”智泉说，“世事太过玄妙，没有其他解释。”

“她现在同谁在一起？”那样的女子，一定有后台。

“陆兆洲。”

“呵，电信大亨。”

李智泉微笑：“她回来了。”

散席，在楼下，有一辆黑色大车来接美人。

从心上车，车门关上，巨兽似的车子载着她离去。

到了目的地，陆兆洲在等她：“从心，你没来过我家吧。”

他带她进屋。

屋里已有客人。

陆为她介绍：“华纳议员。”

那外国人老实不客气仔细打量她，然后，十分赞叹地说：“一见面就明白了。”

他们在书房密斟。

许多人以为不可能的事，全部完美解决。

陆兆洲斟出美酒：“杰克，干杯。”

“领事馆很快会派人与你接头。”

华纳告辞。

陆兆洲带从心参观大屋，他一个人住在近一万平方英尺的住宅，晚上，用人都已退下，说话仿佛有回音。

从心一点也不喜欢，觉得大宅布置像庙堂。

他们坐下来喝咖啡。

“放心了？”他问。

“这两年来第一次放下心事。”

他并没有提出什么要求，把从心送出市区。

刚相反，从心那晚睡不着。

半夜，忽然起风，接着大雨，电光霍霍，从心记起没关窗，连忙走向露台。

一转身，看见一个人坐在安乐椅上。

她并不害怕，留神看向黑暗角落，借着闪电，她看到燕阳坐在那里向她微笑呢。

从心过去："燕姐，你来看我？"

燕阳点点头："你情况大好了。"

"你都知道。"从心又走前一步。

"这次回去，你势必大红大紫。"燕阳说。

从心失笑："是因为那套三级片的缘故？"

"不，另有玄机。"

"燕姐，我将有自己的护照，多谢你借出名字给我。"

"旧护照可以还给我了。"

"我明白。"

正在这个时候，电话铃响个不停。

从心睁开眼睛，听到大雨敲着玻璃窗，她连忙拿起听筒。

“我是阿琛，陆先生叫我陪你去取护照。”

这么快。

她梳洗出门，由邓甜琛陪伴到领事馆，直入内室，在护照上签了名便离去。

门外，人龙在雷雨中排得长又长。

有门路到底不同。

在车子里，从心悄悄打开护照欣赏。

她呆呆地看了很久，才郑重收起，放进手袋。

陆兆洲真大方，他并没有殷殷垂询：“怎么样，拿到了，高兴吗，怎样报答我？”

不不，他不是那种人。

况且，这件事，对他来说，也不过是举手之劳，同年轻人送花送糖一个意思。

从心忙着她的日常工作。

记者来访问：“燕阳，你可否公布男朋友的名字？”

她不愿回答：“你别信谣传。”

“据我们知道，那人并无妻室，公布无妨。”

她笑笑：“你们比我还清楚，还问什么呢。”

“他是你的亲密男友吗？”

“我没有要好男友。”

“他是富翁，钱是你心目中很重要的一件事？”

“我迄今住在自置的小公寓里。”

“但是你艳星作风……”

“让我告诉你燕阳工作的进度好不好？”李美赐帮她打发了记者。

“美姐谢谢你。”

智泉过来说：“买一送一。”他搭着女友肩膀。

从心看着他们：“几时结婚？”

他俩笑而不语。

过一会儿智泉说：“如果你做主婚人，兼送酒席及蜜月旅行，我就接收这名女子。”

从心骇笑：“智泉，大胆。”

“对，元宝在澳洲发展甚佳，暂时不回来了。”

“几时我们一起去看他，叫他带我们去大堡礁潜水。”

智泉说：“也好，让我去安排一下。”

从心微笑，不久之前，这两兄弟还缠在身边为她争吵呢，现在，都找到了归宿。

真替他们高兴。

正在准备一切：练英语、谈酬劳、准备试镜，同时向外界公布消息、宣传，燕阳的名气又向上升。

美赐的宣传比智泉高一级，许多事都做得不经意，无须从心故意讨好媒介。

过几天，从心接到一个电话。

“燕小姐，我是朱新国医生。”

从心一时没想起来。

那人很识趣，即时补充：“我是张祖佑的主诊医生。”

“是，是，朱医生，我知道。”

“燕小姐，你仍然愿意出席《时间线》节目访问吗？”

“一早说好，我必定会来。”

朱医生有点感动，他见过不少人过桥抽板，事过情迁，诺言抛在脑后，很明显，这名艳照人的女子不在其内。

“什么时候？”从心问。

“下个月一号录影。”

他们谈了一些细节。

从心把这件事向智泉汇报。

智泉一贯反对：“燕阳，你现在是晶光灿烂的一颗新星，老同这个穷作家在一起，形象不妥。”

美赐沉吟："我不会这样武断，张祖佑不是全无前途，在西方，红作家随时销书亿万部，每本抽一美元版税，已是富翁。"

从心微笑："谢谢你，美赐。"

"这是一个宣传好机会：先在洋人的全国性电视台上亮一亮相，以洋攻洋，到了片场，可能方便一点。"从心不出声，她没答应出示真面目。

美赐说："燕阳，我陪你去。"

"你陪智泉吧。"

谁知智泉说："我也一起去。"

这次，是拿着真护照过关。谁知，海关人员翻阅良久，又找来上司，一起研究。

从心坦然无惧，任他们调查。

真好笑，冒名时无人追究，直行直过，真护照在手，反而诸多阻滞，这里边好像有点讽刺。

终于，海关与领事馆联络过，查实无误，才放从心过去。

她是最后一个上飞机的乘客。

自此以后，燕阳只是她的艺名，不是她的身份了。

百分之百轻松？不见得，她欠陆兆洲一大笔人情债，不知如何偿还。

这次旅程，美赐最高兴，一直提到扬眉吐气这四个字，她陪从心喝茶购物逛街，十分享受。

这一日，他们在酒店与张祖佑见面。

李美赐看到一个潇洒的文质彬彬的男子朝他们走来，一时还不醒悟，待看见燕阳雀跃地迎上去，才恍然大悟。

啊，她骂自己：狗眼看人低，老怕人家配不起燕阳，原来，这人气度不差。

从心立刻问："子彤呢？"

"他去参加露营，他没来。"

从心有点失望。

张祖佑立刻取出小小摄录机，把荧幕对牢从心，液晶银幕上出现了张子彤，他向从心问好。

从心高兴地说："哗，又长高了。"

当初见到的子彤只像一只小猫。

大家坐下叙旧，又问及张的眼睛。

张祖佑说："这是一种遗传性退化现象，真担心子彤将来也会罹病。"

又谈到新作品进度。

他说："如果世上真有缪斯，那从心就是缪斯。"

美赐一怔："谁是从心？"

张祖佑有点尴尬。

可是从心大大方方出来承认："我，我小名叫从心。"

智泉侧头想一想："从心所愿？很好呀，但是，不够燕阳二字响亮。"

张祖佑一听燕阳这名字，不由得低下头。

"朱医生在等我们呢。"

会合了朱医生及院方公关人员，他们一起往电视摄制室。

从心是个演员，她当然知道应该怎么做。

虽然只拍背影，一样替她化了妆。

主持人是一位中年女士，姓史多尔，见到从心一愣，立刻同朱医生商量，要求从心正面出镜。

其实这时情况有变，从心已无后顾之忧，可是朱医生坚持当初答应从心不必拍摄正面。

史多尔女士沉吟："也许可以拍摄续集。"

这一个环节并不是主要部分，片长不超过五分钟，可是院方已经相当满意。

史多尔在开场白里这样说："一切是为了一封动人的信，信里说，一个作家若不能读到他自己的著作，是何等凄凉……"

然后从心接下去说："我与张是朋友关系，我们怎样认识？我孑然一人来到西方都会，手中只有一个地址，找上门去，亲戚已经搬走，由张好心收留，才不致流落街头。"

工作人员听得耸然动容。

"我去信尊合坚斯医院，恳求他们诊治该名病人。"

跟住，由张祖佑简述医治过程，最后，鸣谢医院，朱医生出面要求捐募经费。

史多尔女士对从心非常感兴趣。

"当初，你可是用学生身份入境？"

"你现在是演员？"

"你在机缘巧合之下主演了张氏原著改编的电影？"

李美赐很有技巧地挡却这些问题。

他们离开时从心假装伸手抹去额上汗水。

朱医生道谢又道谢。

张祖佑与从心话别。

“祖佑，祝福我。”

“从心，继续给我灵感。”

他俩紧紧拥抱。

李美赐在不远之处看着他俩，问男友：“他们相爱吗？”

智泉肯定答：“百分百。”

“会在一起吗？”

“相爱不等于不分手。”

“假使爱得足够的话……”

“他们两人都苦够了，不想再度连累对方。”

美赐不再说话，过一刻说：“你与燕阳合约将满，还不与她谈续约的事？”

“明白。”

他想走过去，被女友拉住：“给他们多些私人时间。”

可是从心已经把话说完，伸手招智泉过去。

# 艳阳天

## 伍·

她站起来，拍拍身上的雪粉，往大街走去。

往后，会是艳阳天。

过两天，他们去电影摄制组报到。

制片让从心试镜。

从心在一旁酝酿情绪。

工作人员介绍男主角给从心，两人之间只有两场戏：他想救她，她意外身亡，临终把一个秘密告诉他。

她偷渡入境？在垃圾堆里，他是警察，想搜她出来，看到动静，以为是野狗，伸手来捉。

那黑人演员有东方及白人血统，高大英俊，相当沉着，他愿意参与试镜，可是没想到会有这样的效果。

这是很简单的一幕，他只需抓住她手臂把她拖出来。

就在这时候，他看到一双哀恸的眼睛，在灯光下泛出惊怖神色，他意外，演技再好，也不会做得这样逼真。

他也是演员，知道这里头一定混杂了真实的经历。

他的手碰到她肩膀，她发出绝望的叫声，不像狼亦不像狗，而是似老鼠被陷阱夹住，垂死挣扎的叫声。

他战栗，面孔上的肌肉簌簌发抖。

工作人员受到感染，沉默一片。

然后，导演喊停。

男主角松口气轻轻说："你可以出来了。"

垃圾堆里一点动静也没有。

他拨开道具杂物，发觉她蜷缩成一个胎儿那样，不住抽噎。

他又说："戏完了，你可以出来了。"

从心点点头。

她用手掩着脸，一声不出。

导演过来说："角色非你莫属。"

从心这才站稳了脚。

这次演妓女，下次希望可以演太空英雄。

李美赐过去，把一件外套搭在她肩上。

导演与她谈了几句，他们对她表示好感。

智泉很兴奋，在车上说："导演说会加戏给燕阳。"

从心情绪仍然低落。

“燕阳演得出色，我真以为垃圾堆中有只受伤动物。”

从心看着车窗外。

她没有那么快忘记，做一只丧家之犬的感觉如何，她不过表现了她真实的感受。

从心用手掩住面孔。

李美赐以眼光示意智泉，让她静一静。

回到旅馆从心倒头大睡。

她不烟不酒，唯一使心境宁静的方式是好好睡一觉。

醒了，发觉美赐在套房外织毛衣。

“咦，你还会这个，织给智泉？”

美赐抬头笑：“织给你，这种粗套头毛衣半天就可完成，竟卖美元千元一件，不如自己动手。”

“智泉去了何处？”

“有人找他谈公事。”

“啊，他的公事一定与我有关。”

“是，你听过《云飞利倾谈节目》？他们找上门来。”

从心正在洗脸：“找我？”

“是，还有祈又荣打电话来，《心之旅》获提名欧洲金像奖，希望你届时出席影展。”

“啊，导演一定很高兴。”

“她要求你在影展上穿得性感一点。”

从心笑：“一定，大露背，大低胸，难不倒我。”

美赐凝视她：“燕阳，你真可爱，难怪智泉那样褒奖你。”

“你与智泉都是我恩人。”

“你俩的合约快满。”美赐说。

“时间过得真快。”从心答。

“智泉觉得你或许想签外国经理人公司。”

从心坐下来：“还是照旧由智泉照顾我吧，外国人哪里知道我们的事，况且，亦不会尽心尽意，再说，心底根本瞧不起我们。”

美赐点头称是。

电话响了，她去接听，抬头说：“陆先生找你。”

咦，美赐完全知道陆兆洲是个什么人。

从心接过电话。

陆兆洲在那边说：“人不在，新闻还是登满全版。”

从心苦笑：“这话叫我心惊肉跳，娱乐版没有好新闻。”

“倒不是，你的电影将角逐金像奖，还有，你已入选好莱坞影片任第二女主角。”

“消息真快。”

“咦，语气丝毫不见兴奋。”

“得意事来，处之以淡。”

陆兆洲笑：“这当然是修养的表现，但是，你也损失不少乐趣。”

从心也笑：“挺胸凸肚，耀武扬威，太难看了。”

“告诉你一个消息。”

“还有新闻？”从心大奇。

“邓甜琛向我告假，到澳洲悉尼去了。”

从心的心一动。

陆兆洲声音里有太多的安慰，何故？

“呵，悉尼，”从心轻轻说，“我们有熟人在悉尼吗？”

“你说呢？”语气里有笑意。

从心忽然也咧开嘴笑，十分欢欣，是真的就好了，她希望阿琛找到归宿。

“你别张扬，以免打草惊蛇。”

“是，是，我明白。”

没想到听到这个好消息，呵，世上确有欢欣。

“他俩会合得来吗？”从心仍存忧虑。

“阿琛会迁就他，阿琛一向努力。”

“那就好得很。”只要一方面肯牺牲一点。

陆兆洲问：“你呢，你几时回来？”

“我要拍戏，一时回不来。”

“那么，我来探班。”

“你的工作呢？”

“事情总得分先后，你先，全世界后。”

从心低头不语，这不是花言巧语，他无必要奉承。

她知道需珍惜这个人：“等着见你。”

美赐抬起头来。

“陆先生是个人才，白手兴家，作风健康。”

“我知道。”

但是，她对他，没有那种强烈的感觉。

“你爱的是谁？”

“美赐，你真的想知道？”

“我会守口如瓶。”

从心说：“或许我真的虚荣，当我知道工作上再进一步时，内心胀鼓鼓，有一种奇异快感，浑身毛孔舒畅，欢欣无比。”

“啊，”美赐说，“你暂时尚未爱上任何人！”她放心了。

“你说得对。”从心答。

晚上，智泉仍然未返来。

从心说：“打他手提电话。”

“他在工作，我怎么好骚扰他，以前，我们最讨厌男同事之妻老是打电话来找人。”

从心微笑，真是个明白人。

“让我们来看《时间线》节目。”

扭开电视，待了大半个小时，他们那个环节总算开始，短短五分钟，张祖佑才说十句八句话，从心背影出镜，也不到一分钟，其余时间用来介绍医院设施及手术过程。

令从心失望的是，张祖佑的书并无出镜。

美赐却说：“我觉得很感动，你呢？”

从心只得点点头。

她们正在喝咖啡的时候，智泉回来了。

从心取笑：“假公济私，到什么地方去了？”

智泉难掩兴奋之情："看到《时间线》没有？"

她俩点点头。

"播映后短短三十分钟，电视台已收到上千个电邮、电话、传真，说想知道详情。"

从心扬起一条眉毛。

"观众想看到你的面孔，以及张祖佑工作近况。"

连美赐都觉意外："为何对一个黄种人这样有兴趣？"

"谁知道，燕阳就是有这种观众缘。"

美赐说："观众只看到她的背部。"

智泉咧开嘴笑："已经足够。"

从心很感动，他是由衷替她高兴，把她的事当自己的事。

"但是，我们已经婉拒《时间线》。"他说。

"为什么？"美赐愕然。

"因为，我们将到《云飞利倾谈节目》亮相。"

从心还不明白，美赐已经欢呼起来："一亿观众，一亿观众。"

"并且，"智泉说下去，"节目中的读书会愿意介绍《被骗被弃》这本书。"

美赐又哗的一声，稳重的她很少像孩子般雀跃：“但凡经云飞利品题的著作可即刻上畅销书榜。”

从心发怔，她的梦想成真了。

“燕阳，你怎么看？”

从心据实答：“我只知道云飞利是一位黑人女士，却不知道她的电视节目有这样大的影响力。”

美赐问：“智泉，你如何找到他们？”

智泉倒不居功：“他们找到我才真，互相竞争，寻找题材。”

美赐笑：“运气自己来敲门。”

“燕阳，你可愿露脸？”

从心点头。

智泉出主意：“燕阳，你穿小凤仙装上电视。”

美赐反对：“不，穿深色樽领[1]毛衣即可。”

两人吵了起来。

从心伏在床上不出声，她像爬过万水千山那般疲倦，又似洋人所说，被一辆货车撞过那般累。

---

[1] 樽领：指高领反折。樽领是衣服领子的一种，就是常说的高领衫。

她倒了下来。

她有一种奇异预感，做完这一次宣传之后，也许，对于张祖佑的恩惠，已足够偿还。

她沉沉睡去。

过两日，青鸟出版社派格连活来陪张祖佑出镜。

张祖佑看上去更加神清气朗，他穿深色西装，沉实、稳重。

从心也真不差，她打扮清雅，头发往后绾、淡妆、全无首饰，一件套头深棕色毛衣配长裤，丝毫不似艳女，却难掩秀丽。

美赐轻轻说："从来没有华裔上过这个节目。"

"为什么？"

"大抵是个人喜恶。"

"为什么破例？"

"争取北美越来越多的华裔观众，其他问题可搁在一边。"

出镜了。

从心坦然看着张祖佑微笑。

他有点紧张，不习惯对住大群现场观众，从心教他吸一口气。

节目开始，主持人热诚、健谈、活泼，叫他们松弛下来，一切从他的眼睛开始，说到他的书，以及他生命中一个美丽的女人。

主持人问从心："你敲门之际，可知道屋里有什么人？"

从心摇头："全凭命运安排。"

"假使是一只老虎呢？"

从心静静答："逃命。"

观众潸然泪下。

从心到这一刻才知道她自身的遭遇十分凄惨，垂头不语。

主持人忽然问："你与祖可有计划？"

从心鼓起勇气，她知道千穿万穿，马屁不穿："祖已经在贵国实践了梦想，正走向成名之路，我不方便阻碍他，我将努力演艺工作。"

观众大乐，大力鼓掌。

"我的意思是，你们会成为一对吗？"

从心微笑："我们是好兄弟，我另外有男朋友。"

观众呜的一声，张祖佑也呆住。

主持人意外问：“另外有人？”

“他是一个电子业商人。”

希望陆兆洲正在收看这个节目。

从心楚楚动人，惹人好感，成功完成任务。

主持人接着派送张祖佑新作给现场观众。

节目完毕，两个主角的经理人最兴奋，高谈阔论，一定要去喝一杯。

美赐陪着从心。

她抬头看着灰蓝色天空，觉得不可置信，短短两年间，竟去得这么快这么远。

风劲，天气冷，从心拉一拉大衣领子。

“在想什么？”

从心答：“无悔。”

他们找到一间酒馆，进去喝个痛快。

格连活与智泉笑：“有点像大学时期生活。”

从心不会知道，她没有读过大学，她甚至没正式入过学。

“来，”智泉举杯，“英雄不论出身。”

从心喝了很多，软软地靠在椅子上，大眼睛特别亮，嘴唇特别地红，看上去，更加像燕阳。

别人不觉得，张祖佑看得一清二楚，心中百般滋味。

智泉说："回去休息吧，明天还有工作。"

美赐说："我陪她先走。"

智泉不放心："两名傻女，需要保镖。"

他付了账。

同到旅馆大堂，一个人一见他们，便站起来招呼："从心，这里。"

他们一看，那人却是陆兆洲。

从心双颊红绯绯："你怎么来了。"十分高兴。

"我就在纽约办事。"

智泉向美赐使一个眼色，双双离去。

陆兆洲穿着深色长大衣："来，陪我散步。"

"也许会下雨。"

"不怕。"

她挽着他的手臂走到对面马路。

他说："我都看到了。"

根本就是说给他听的。

"没想到你在电视台上公布。"

从心轻轻说："一亿多观众呢。"

"张先生有无失望？"

"他没有表示，出版社替他安排了全国巡回签名活动，他哪有空说什么。"

"你们两人都极之难得。"

"我运气好，碰到的都是好人。"

"我呢，也许我会打女人。"

从心感喟："那也没法子，一个人走到哪里是哪里。"

"你可以还手呀。"

从心哧一声笑："打来打去，有什么意思。"

"什么都难不倒你。"

从心突然说："去，我们乘飞机到拉斯维加斯结婚。"

"今晚你喝太多，不作数。"

"明天我要拍戏，别后悔。"

"你可想做影后？"

"我只想挣到生活。"

"我可以支付你生活费用。"

从心摇摇头："如果只是这样，当年我去到省会，找个小生意人即行。"

陆兆洲有点尴尬："我也是小生意人。"

从心知道说错了话，酒精就是叫人鲁莽，但是又觉得讲真话乐趣无穷，她笑了。

她把他挽得紧紧："你太谦虚啦。"

他带她到旧金山看房子。

站在山上，从心看向那座橘红色的著名大桥。

"金山还分新旧，把旧的金子挖罄了又找新的。"

"喜欢吗？"陆转过头来问。

从心点点头，没话讲。

"我找人来装修。"

"请替我布置得最简洁，深深浅浅乳白色即可。"

陆君意外："我听人说你从前住的房子连洗脸盆都描花。"

"那不是我的主张。"她微笑。

一星期后，她搬进大屋。

打开衣橱，只有十来件白衬衫及蓝布裤。

李美赐大为惊异："你的衣裳呢？"

"在电影公司的服装间呀。"

"平时剪彩也得穿着那些？"美赐问。

“穿完即弃，留着无用。”从心答。

美赐坐下来：“你在纽约也买了房子？”

“智泉帮我挑的公寓，由货仓改建，看得到自由女神像，我非常喜欢。”

“燕阳，你什么都有了。”

周从心微笑：“是的，除了真正想要的，什么都得到了。”

美赐看着她：“你最想得到的是什么？”

“你说呢？”

李美赐心知肚明，却不便回答。

“一日，我看到邻居年轻太太在园子里与女儿一起种郁金香，一边教她乘数表。美赐，你妈妈教过你做功课没有？”

李美赐笑：“每星期由家母代写周记，教我背熟了，回学校写出来，得到较高的分数。”

“你真幸运。”

“燕阳，过去的事无可挽回，你应努力将来，找个人结婚生子，组织家庭，在院子里教子女写字画画，做得不好，打手板罚站角落，乐趣无穷。”

“谢谢鼓励。”

“我讲的句句属实。”

从心答：“陆某并不想组织家庭，他子女早已成年。”

“咄，你管他呢，你自己生养不就行了。”

从心骇笑：“不不，孩子总得有父亲。”

“迂腐，勉强找个父亲也无幸福。”

从心低头：“我与陆兆洲，也不会长久。”

“太丧气了。”

“你想想，美赐，他会是那种天天等女伴收工回家，看她一脸劳累的男人吗？他不外是想找一个人聊聊天解解闷，她日日乖乖等他下班还差不多。”

说得合理，从心叹口气。

“那么，张先生呢？”

“祖佑是个写作人，必须有点忧郁，有些盼望，感触良多，才能写得出优秀作品。生活太过稳定，没有创意，灵感终止，事业也宣告完结，他刚起步，不愿停下来。”

“我不会替你担心，总有哪个书呆子如脑科医生之类会娶你。”

“为着将来，最好嫁矫形医生。”

美赐没料到她会忽然说笑，倒是放心了。

春季，已经算是成名的周从心回到东南亚工作。

陆兆洲十分为难地同她摊牌。

“从心，我希望你息影。”

从心笑了。

“这半年我见你的时间寥寥可数。”

“你另外有女朋友了。”

陆兆洲说：“我寂寞，我需要人陪。”

她探近他：“你想我陪你多久，到我三十、四十，抑或五十？”

陆兆洲说：“我会保证你不愁生活。”

从心摇头：“我自己也做得到。”

陆兆洲知道谈不拢便需分手，他舍不得像水蜜桃似的她。

谁知从心火上浇油，同他说：“你不如提早退休陪我拍戏去，不知多逍遥，下一站外景在阿尔及尔的坦几亚。”

陆兆洲啼笑皆非。

陆兆洲抚摸她的手背，喃喃地说：“羽翼已成，要飞出去了。”

他俩在这种和平气氛下分手，仍是朋友，时有联络。

夏季，喜事一件接一件，先是双李联婚，智泉与美赐结婚，从心为他们打点一切，送了一部跑车，还有，请他俩坐邮轮环游世界，放足一个月假。

接着，温士元与邓甜琛在悉尼结婚落籍。

陆兆洲吓唬从心：“看到没有，朋友一个个离你而去，将来老太太你一人坐拥金山银山孤独终老。”

从心并不生气，笑嘻嘻答：“人生哪可能十全十美。”

“我等你。”

“一边左拥右抱，哪里叫等。”

因与周从心太过友好，其余女伴都觉得威胁太大，关系都不长久。

“从心，再做两年也够了。”

他说得对，艳星顶多只可以做三五年，拖久了，只剩下一堆残脂。

“我会有主张。”

“从心，你可想寻找生父母？”

“不。”她的回答确实简单。

从心与张祖佑也一直有联络。

他没有空，子彤代笔，每隔几天，电邮汇报近况。

“爸的新作《消逝月亮》在纽约时报畅销书榜占第五名。

“我们搬了家，附上地址及图片。

“新泽西环境十分好，适宜读书以及写作。

“我成绩不俗，附上成绩表。”

张祖佑搬进一间老房子，庭院深，大树一株连一株，其中一棵结满苹果。

他这样写：“有空来看我们，结婚建议不变。”

从心微笑，有人求婚真是好事。

她的英语已经十分流利，用美国口音，正努力练习书写阅读。

子彤有很多事请教她。

“我爱上一个叫歌罗利亚的同学，不知怎样表示。

“我在发育了。

“我与爸爸相处越来越好，他孤僻脾气全改了过来，你现在会喜欢他，但是，他没有再婚的意思。”

张现在拥有一间很具规模的书房，四面墙壁都是书架，长窗外树影婆娑，书桌旁挂一张草书，上面写着“何时归看浙江潮”。

可见他的视力全无问题了。

在北美洲，作为写作人，一旦成名，不但收入丰厚，且普遍受到社会尊重，张祖佑写三本书已足够舒适地过一辈子。

从心对他完全放心。

她的生活也很愉快，她喜欢旅行，喜欢英俊的男伴，时时与金发碧眼的男歌星或演员结伴到处旅游。

她曾在迈亚米[1]南滩住过三个月，又以伦敦为根据地，游遍欧陆，她酷爱晒太阳，智泉一直劝她：“紫外线催老皮肤，小心。”

从心笑笑：“一个人，总共这几年是真正活着的，趁有精力有心情有金钱，多玩一点。”

智泉无话可说。

智泉接了一宗工作，急于与她见面，电话里问：“你在哪里？”

---

[1] 迈亚米：迈阿密，Miami，是美国佛罗里达州第二大城市，位于佛罗里达半岛比斯坎湾。

“同美赐一起到巴厘岛来见面好不好？”

智泉吸一口气：“你越来越远。”

“不然，要护照干什么。”她咯咯笑。

他带着剧本去见她，她迎出来。

只穿大花胸衣，臀部结一条纱笼，花色斑斓半透明的蜡染布衬托出她女神般的身段，这是一个女子最美好的岁月。

她浑身散发着一种令人目眩的艳光，一出现，四周围的人立刻转过头来看她。

“美赐呢？”

“在房里呕吐。”智泉很愉快地报告。

从心一怔，立刻笑出来：“恭喜恭喜。”

“再不生养就不能够了。”他俩坐下来。

智泉笑问：“都已经是半仙啦，还愿意工作吗？”

从心正经地答：“只有勤力工作，才能做工余神仙。”

“说得好。”

“有市场的时候，千万别停下来。”

“单听这几句话，已经知道是一个经济学家。”

“是什么样的工作？我不再演妓女，抱歉。”

“一小时电视剧集，律师行做背景，你演其中一名女律师。”

“啊。”

“我建议你立刻到罗省[1]我朋友的律师行去体验生活。”

“我乐意接受挑战。”

“快快收拾行李，捡了你的贝壳及大红花打道回府吧。”

这时，一个年轻的金发男子走过来坐在她身边，也不说话，只用手轻轻捏她的手臂，无比留恋，出奇温柔。

看着这种情形，智泉忽然明白什么叫作肌肤之亲。

这个女孩子，吃了那么多苦，终于熬出头，现正享受人生。

那男子的长发像一头金丝，在阳光下闪闪生辉，煞是好看。

智泉微笑：“我们在房间等你。”

周从心再出现的时候，已经换了装束，穿回城市人的衣服，准备谈公事。

---

[1] 罗省：美国洛杉矶。之所以叫罗省，是台山人发明的叫法，洛杉矶英文是 Los Angeles，台山口音念起来很像“罗省”。

她探头过去听美赐腹内动静。

“回去吧。”智泉心急。

“不，”从心说，“让美赐休息三天。”

说得出做得到，她找人来替美赐按摩，陪她逛名胜买纪念品，吃最好的食物。

美赐心情大佳，呕吐稍停。

终于一行三人回到文明，筹备工作。

从心到真实律师行实习，朝九晚六，开会时坐在一角，闲时阅读有关书籍，她必须学习那种气氛。

一个月之后，她去试镜，一转过头来，眼神凌厉，嘴角虽然含笑，但已有那种“我不是来说笑的”的味道。

制片庆幸他得到了应得的演员。

工余，从心仍然补习英文。

美赐说：“英语已经比我们说得好，还那么用功？”

“不不，越学越觉得不够用。”

对于台词，从心十分认真，每日操练。

从心同美赐说：“好不容易混到有对白了，居然可以开口说话，要讲得动听。”

她似复仇般认真。

智泉说："做女演员，不能胖，不能懒。"

看到试镜中自己，从心吓一跳："我太胖了。"

美赐讶异："穿四号衣服，还说胖？"

"其余两个女主角是零号。"

"那不健康。"

"我也知道，但，这根本不是一个正常的行业。"

美赐无奈："趁年轻，肉身还听你话的时候，节食、减肥，都没问题，一踏入中年，躯壳自有主张，你不吃，全身会瘫痪。"

从心骇笑。

美赐瞄智泉一眼："到了某一岁数，男人也不再听你的话。"

从心立刻伏过去："美赐，你说什么我都依你。"

美赐紧紧抱住她："我第一眼看见你就喜欢你，你是一个有良心的人。"

过几日，美赐陪从心回到永华大厦去。

从心吃惊："咦，这幢房子原来这样小这样旧。"

"上去看看。"

她以前住过的单位此刻空着，一房一厅，算是粉刷过了，仍然残旧，厨房只得一个炉灶。

从心说：“狭窄得没有转弯余地。”

她走到窗前，看到街上去：“啊，街角还停着冰激凌车子。”

时光则一去不回头。

“我们走吧。”

“我永生感激张祖佑，他这片瓦救了我。”

美赐怀孕敏感，小公寓内空气不甚流通，邻居不知哪家人不顾一切在煎咸鱼，她感到不适。

从心陪她离去。

在门口，碰到两个相貌娟秀的少女，与从心碰面，冲口而出：“燕阳，是燕阳！”

从心连忙上车。

回到大酒店套房，两人松口气。

从心托着头，再也不明白是怎么熬过来，本来，她还想回到凤凰茶室去看老板娘，此刻已打消原意。

从心以后不敢怪人家忘本。

趁美赐睡午觉，她看报纸。

翻到星报社交版，看到小小一段启事：

著名作家张祖佑将于明晨十时至十一时在章页书局为读者签名。张氏是华裔作家内冒出名来最迅速一位，著作如《消逝月亮》均受读者欢迎……

从心微笑，他有回去永华大厦看一下吗？

智泉打电话来。

“你与美赐还不回来？”

“多留一天，明天下午动身。”

“又被什么闲事绊住？”

从心笑吟吟：“不告诉你知道。”

美赐惺忪地接过电话，与丈夫说起来。

从心披上外套下楼。

下雪了。

鹅毛般雪花簌簌落下，在半空中飘浮回旋半晌才落地，雪景永远叫南方出生的从心诧异欢喜。

她喃喃说：“明晨请放晴，明早读者要来取签名。”

她买了水果回去与美赐分享。

第二天一早，从心起来，打开窗帘，看到漫天是雪。

“哎呀。”她说。

哪里还会有读者兴致勃勃地找写作人签名，一下雪，路滑、车慢、交通瘫痪，可以不出门，都躲家里了。

从心十分担心。她决定立刻梳洗，去看个究竟。

美赐说：“我陪你去。”

“你是孕妇，为免意外，在酒店看电视吧。”

“我叫了早餐，吃了才走，身子暖和点。”

“又不是去西伯利亚。”

从心终于听美赐的话，吃饱穿暖，才出门去。

酒店的车子都已经被订，经理请她在大堂稍等。

雪越来越大。

从心想，人怎么不讲运气，像天气这种事，不是人力可以控制。

车子来了。

从心同司机说：“去章页书店。”

车子缓缓驶出。

原本二十分钟路程，走了足足三刻钟，忽然，从心看见一幢大厦前有一百几十人排长龙。

咦，这是什么？

又不是卖球赛门券，更不像流行曲演唱会。

司机答："章页书店就在前边，燕小姐，你可以在这里下车。"

"可否三十分钟后回来接我，你先去喝杯咖啡。"

她给司机一百元。司机笑着道谢。

从心走到书店门口，见有人维持秩序，人龙就是从门口开始。

"小姐，请排队。"

"我是来请张祖佑签名的。"

那工作人员笑："他们也是来拿祖张签名的呀。"

从心一听，怔住，不愁反喜，暖意自心底升起，忽然之间，鼻子发酸，眼泪冒上来，忍都忍不住。

她走到龙尾，乖乖排队。

只见祖张的读者有些手里捧着他的著作，也有人一边喝咖啡一边轮候，更有读者，约了朋友一起等，一点不觉累或麻烦或无聊。

从心感动得不能形容，她抹掉眼泪，但是泪水很快又沁出来。

雪一直下，读者的肩上都沾了白絮，没有人介怀，人龙渐渐向前移，书店工作人员过来打点。

有人说："他已经到了。"

"很准时，我带了十本书来，有些是同事所托。"

"他的眼睛已经治愈。"

"真感人，只有那样的人才写得出那般动人的故事。"

"你看过《云飞利倾谈节目》没有？那个女子并没有同他在一起。"读者们唏嘘了。

从心身后很快又排了一行人。

半小时后走进书店，从心又再一次哽咽，只见店堂一角堆得像小山一样的全是张祖佑的著作。

从心连忙抓了几本在手。

终于轮到她了。

张祖佑看上去神清气朗，他穿深灰色西装，配同色衬衫领带，看上去十分儒雅，从心安慰。

他抬起头，看到从心，愣住。

他立刻站起来："你怎么在这里，大衣全湿，别告诉我，你也在外头排队。"他惊喜交集。

从心点点头，泪盈于睫。

"好吗？"

从心又点点头。

他连忙打开书的扉页为她签上名字。

“子彤说你很久没同他联络。”

“我回去立刻跟他通信。”

背后的人龙发牢骚：“小姐，他不是属于你一个人，大家都渴望得到签名。”

从心看一看后边：“你红了。”

“小姐，长话短说，给我们一个机会。”

工作人员上来微笑：“轮到下一位。”

张祖佑忽然说：“她是燕阳，《心之旅》的女主角。”

读者群一听，即时轰动。

“呵，那是他的爱人。”

“请让我们拍照。”

“可以也签个名吗？”

“燕阳，我在电视上见过你，你真人年轻得多。”

张祖佑看着从心：“你气色好极了。”

从心笑：“你也不差呢。”

读者问：“你俩几时结婚？”

张祖佑微笑：“多谢你来协助宣传。”

“我真替你高兴，你看这帮读者，他们会是你一辈子的知心好友。”

“是，我是一个幸运的人。”

从心说：“我还有点事，须早走一步。”

“从心，无论你去到哪里，祝福你。”

“你也是。”

他俩紧紧拥抱。

读者们鼓起掌来。

从心说：“我永远敬爱你。”

她知道要走了。

从心捧起书本离开人龙。

她在人群后面看着张祖佑被读者包围得紧紧，不禁笑了，那微笑渐渐扩张，变成真心欢喜。

她走出书店，在街上握着拳头欢呼。

雪不知几时停了，太阳自云端露出金光，书店外人龙仍然不绝。

从心抬起头，金光逼得她睁不开眼来。

忽然脚底像是绊到了什么，她摔倒在雪地里。

立刻有人过来扶起她：“小姐，你没事吧，可有受伤？”

从心哈哈大笑：“没事没事。”

她站起来，拍拍身上的雪粉，往大街走去。

往后，会是艳阳天。

一步一步，把周从心推上舞台；是燕阳，她叫艳阳，艳阳天。

她跟从心一样，是个混血儿，也是个孤儿，可太阳从未照到她身上……

图书在版编目（CIP）数据

艳阳天 /（加）亦舒著．—长沙：湖南文艺出版社，2018.2
ISBN 978-7-5404-8513-9

Ⅰ．①艳…　Ⅱ．①亦…　Ⅲ．①长篇小说—加拿大—现代　Ⅳ．①I711.45

中国版本图书馆 CIP 数据核字（2018）第 010111 号



上架建议：畅销·小说

**YANYANGTIAN**
**艳阳天**

作　　者：［加］亦舒
出 版 人：曾赛丰
责任编辑：薛　健　刘诗哲
监　　制：毛闽峰　赵　萌　李　娜
特约监制：刘　霁　郑中莉
策划编辑：李　颖　张丛丛　杨　祎　雷清清
文案编辑：马玉瑾
营销编辑：贾竹婷　雷清清　刘　珣
封面设计：张丽娜
版式设计：李　洁
出版发行：湖南文艺出版社
（长沙市雨花区东二环一段 508 号　邮编：410014）
网　　址：www.hnwy.net
印　　刷：北京天宇万达印刷有限公司
经　　销：新华书店
开　　本：775mm × 1120mm　1/32
字　　数：130 千字
印　　张：8
版　　次：2018 年 2 月第 1 版
印　　次：2018 年 2 月第 1 次印刷
书　　号：ISBN 978-7-5404-8513-9
定　　价：42.00 元

若有质量问题，请致电质量监督电话：010-59096394
团购电话：010-59320018